Agente Spectrum y los Centinelas del Infierno

Andy Luis

ISBN: 978-9945-18-986-5

CONTENIDO

<u>Prefacio</u>:

Empecé a escribir esta historia a mediados del confinamiento, producto de la pandemia del Covid-19. El primer año fue un tiempo de mucho temor e incertidumbre, con múltiples episodios de estrés y depresión. Nuestros estilos de vida cambiaron radicalmente y muchos proyectos se vieron frustrados. El contacto con mis seres queridos era complicado, otros dejaron este mundo y algunas relaciones personales tuvieron tristes conclusiones en el camino.

En esos primeros meses, solamente tenía una medicina con la que podía contar: el escapismo. Aproveché cualquier material que tenía a mi alcance para escapar de la realidad y transportarme a un mundo donde solo pudiera vivir aventuras emocionantes. Me encerré en mi amor por las películas de espías, en mis novelas de fantasía medieval, en mis videojuegos de ciencia ficción y en videos sobre lugares exóticos que desearía visitar después de la pandemia.

Aquel escape me sirvió de ejercicio para fomentar mi imaginación y retomar el hábito de escribir. Aquel deseo por desconectarme de este mundo me llevó a forjar un personaje, capaz de encarar los peligros más oscuros con gracia. Un mundo aterrador y complejo que se oculta detrás de lo que entendemos como realidad. Una misión donde cualquier voto de confianza puede ser el último.

Mi intención con este trabajo es ofrecerle a los demás el mismo escapismo que me ha ayudado a superar mis días difíciles. Este es mi regalo, mi misión y mi legado.

1. EL SEÑUELO DEL CAPRINO

Con una deslumbrante destreza, el camarero encargado del bar, cautiva a los invitados de la fiesta, mientras hace malabares para servir sus tragos.

Es la primera vez desde la pandemia que brinda sus servicios para una actividad, en un castillo de Transilvania, muy alejado de las habituales discotecas de su ciudad. Desde la cerveza más común, hasta el vodka más extravagante, los servía con una espectacularidad y un placer que ponía una sonrisa en todo aquel que se acercase.

Entre las luces multicolores parpadeantes y el humo que salía de la máquina del DJ, el camarero se fija en la silueta de otro cliente que se acerca. Un joven caballero erguido que porta un traje azul marino de tres piezas, estilo europeo, acompañado de una camisa blanca, corbata plateada, zapatos marrones, lentes oscuros y un reloj de bolsillo que cuelga de su chaleco. Un hombre de rostro fino, piel oscura y bien rasurada, con una mezcla de facciones latinas y anglosajonas. Cuenta con una corta cabellera negra, con un clásico peinado de lado y unas peculiares pero sutiles rayas plateadas a los laterales, que fácilmente pudieran confundirse con canas. Quien lo viera, pensaría que es un caballero sacado de la década del cincuenta. A juzgar por su presentación, el camarero pudo intuir que se trataba de un hombre al que le gustaría una bebida clásica.

Con calma, el cliente toma asiento en medio de la barra. El camarero se le acerca y le pregunta:

— ¿Qué le sirvo, buen hombre? — pregunta el camarero. — ¿Un Martini, un Long Island?

El caballero se toma su tiempo para responder. Su rostro sereno cambia en el momento en que se le dibuja media sonrisa.

— Antes que nada, deseo felicitarlo por su destreza, me considero un admirador del talento. ¿Dónde se educó para ser camarero? — le pregunta el hombre de lentes oscuros.

— Muchas gracias, señor. Estudié en la Escuela de Hotelería de Punta Cana.

— ¡Vaya sorpresa! Tenemos a un dominicano en Transilvania.

— Así es, estamos en todas partes. ¿Tiene usted alguna relación con los dominicanos?

— Más o menos, mi madre lo era, pero tristemente no heredé todos sus encantos.

— Venga, hombre. Un señor elegante como usted algo debió heredar. Ahora dígame, ¿qué trago puedo servirle para honrar su presencia aquí? — pregunta el camarero.

— Leche chocolatada estaría bien para mí — responde el caballero.

El camarero estalla en carcajadas por la elocuencia de su cliente, sin embargo, su risa frena de golpe al ver que el caballero conserva toda su serenidad. Ni siquiera sus mejillas se mueven para disimular alguna sonrisa.

— Espere, ¿es en serio? — pregunta el camarero.

— Esas palabras que escuchó salieron de mis labios y no me estoy riendo. Quiero leche chocolatada.

— Bueno, al menos pídame una piña colada sin alcohol. ¿Es usted abstemio o qué?

— Ciertamente, se están perdiendo las buenas costumbres. Si vas a asumir un personaje, al menos trata al cliente con un poco de respeto.

— ¿A qué se refiere con "personaje"? — pregunta el camarero.

— Hablo de la ridícula coartada que ustedes los novatos de la C.I.A. se inventan para guardar las apariencias. Todo lo que haces te delata: me miras, pero no me prestas atención. No disimulas tu vista periférica para fijarte en lo que hay detrás de mí, por lo que estás vigilando a alguien. Tu corbatín está hecho un desastre y la camisa te queda muy apretada, por lo que te pusiste esa ropa con prisa y ni siquiera es tuya. Mueves tus manos rápidamente para que nadie note que estás temblando. Y como si eso fuera poco, ni siquiera eres dominicano.

El camarero se siente incómodo, por lo que deja de guardar las apariencias y comienza a prestarle más atención a su invitado.

— ¿Y usted quién diablos es para hablarme así? — pregunta de forma inquisitiva el agente encubierto.

— Mi nombre no es importante, por ahora. Puedes referirte a mi persona como el Agente V, vengo de parte de la I.P.I.A.

— ¿Se supone que debo saber qué rayos es eso? — pregunta el agente de la C.I.A. — ¿Cómo espera que confíe en usted?

— Si eres inteligente, no lo harás — responde el Agente V. — Confía en que tu objetivo está a punto de bajar al sótano de este castillo en dos minutos. Así que dile al DJ que busque un relevo para su música, tenemos que bajar.

— ¿Cómo rayos supiste que el DJ está conmigo?

— Porque me lo acabas de confirmar ahora, estimado camarero.

El agente de la C.I.A. se siente sumiso. El Agente V puede percibir el cambio de actitud en este joven, por lo que suaviza un poco su tono.

— Tranquilo, muchacho. ¿Cuál es tu nombre? — pregunta el Agente V.

— Noel... Noel Lockward — le responde.

— Escúchame, Noel, la misión de esta noche puede estar fuera de tu alcance, de lo contrario, no me hubiesen enviado. Así que necesitaré lo mejor de ti.

— De acuerdo, pero fuera de eso, no dejaremos que interfieras en el resto de la operación.

— Hecho.

El Agente V y Noel se reúnen con el tercer agente que actuaba como DJ, Peter Barton. Los tres atraviesan la multitud que disfruta de la fiesta. Mientras tanto, ven que su objetivo está en movimiento. Un hombre delgado y barbudo, vestido con una chaqueta de cuero roja y pantalones oscuros. Atraviesa un portón custodiado por dos guardias de gran corpulencia.

Noel y Peter asumen que estos guardias pueden ser un problema, pero el Agente V sigue caminando directo hacia ellos, decidido a cruzar con la voluntad de un tren con frenos averiados. Uno de los guardias levanta su mano para tratar de detenerlo. Con su mano derecha, V toma el brazo del guardia y lo gira violentamente, haciendo que el mismo se arrodille con un grito de agonía. Con el codo de su brazo izquierdo, golpea el brazo del otro guardia, quien trató de sacar su arma. V saca su pistola P99 y usa la empuñadura para martillar sus cabezas, dejándolos en el suelo.

Los dos jóvenes agentes que le acompañan se ven intimidados por la brutalidad de un caballero que parecía tan apacible y educado. Aunque esto llame la atención, la mayoría de los invitados están bastante entretenidos como para que todo el ambiente se deshaga por este pequeño desorden. Los tres atraviesan el portón y comienzan su descenso por unas largas y oscuras escaleras, con muros hechos de piedra y pequeñas lámparas de luz tenue cada seis metros.

A medida que bajan las escaleras con cautela, V le coloca un silenciador a su arma. Por su parte, Noel y Peter también se preparan. Los escalones que parecían interminables, finalmente los conducen a un amplio salón oscuro de dos niveles. El mismo conduce a un largo túnel con salida al jardín trasero del castillo. Con rapidez, V, Noel y Peter, se ocultan detrás de las anchas columnas que rodean el salón. Al centro, pueden visualizar una mesa rectangular, rodeada de hombres con capuchas negras. Sobre la mesa, yace recostada una mujer de vestido rojo, piel clara y cabello negro. Sus manos están cruzadas sobre su pecho y sus ojos cerrados. Se trata de la hija del senador Sadler que han estado buscando.

El Agente V aprovecha esta oportunidad para asomarse a la esquina de la columna y echar un vistazo. Por un instante, se quita sus lentes oscuros y observa detenidamente todo el salón y a cada uno de los individuos del centro. Noel no alcanza a ver los ojos del Agente V, pues el mismo le está dando la espalda, sin embargo, percibe que V está contemplando algo que va mucho más allá de lo que él o su compañero Peter pudieran detectar con sus sentidos. V se pone sus lentes oscuros nuevamente y vuelve a cubrirse.

— Bien, al parecer mi presencia aquí está justificada después de todo — dice el Agente V.

Noel y Peter no entienden exactamente qué quiso decir este caballero con esas palabras.

— Escuchen, oficialmente esto está fuera de su competencia — les dice el Agente V. — Repórtense a sus superiores y notifíquenles que esto es un asunto de la I.P.I.A.

— Inaceptable, tenemos al objetivo a nuestro alcance y procederemos con nuestras órdenes — le discute Noel — Dime, Peter, ¿estás listo?

— Listo — responde su compañero.

— De acuerdo, usa las columnas para cubrirte. Cuando estés al otro lado del salón, te daré la señal y los acorralamos.

Peter sale y se mueve de una columna a otra, con cautela. Una vez posicionado, estos proceden. Noel y Peter se precipitan saliendo de las columnas y apuntándole a los secuestradores. El Agente V no los sigue, decide permanecer oculto. Mientras tanto, los hombres con capuchas levantan sus manos y permanecen inmóviles.

A Noel le sudan las manos y trata de enfocarse en los secuestradores. Por su parte, estos no parecen estar impresionados. En ese momento, varios hombres de traje negro y armados salieron de las sombras de las columnas. Noel y Peter no entienden de dónde salieron, pues Peter había registrado el perímetro y se supone que no había más nadie.

Al verse acorralados y entendiendo que metieron la pata, ambos tiran sus armas y levantan sus manos. Antes de que los hombres de traje negro pudieran acercarse más, todos ven que alguien arrojó una esfera plateada, la cual va rodando por el salón hasta llegar al centro. Es un artefacto que los agentes de la C.I.A. nunca habían visto, pero los demás lo reconocieron. La esfera estalla y una luz cegadora neutraliza a los secuestradores encapotados y a los hombres de traje negro. Sin embargo, por alguna razón, Noel y Peter no se ven afectados por esta luz. Para ellos, es como si se encendiera una bombilla cualquiera.

El resto se vio afectado por el resplandor, con la excepción del sujeto a quién los agentes perseguían, el principal responsable de la desaparición de la hija del senador. Se había puesto una máscara para que la luz no le afectara. El mismo levanta a la chica de la mesa del centro y se la lleva a las afueras del sótano por el túnel.

En ese momento, desde el patio del castillo, entra un vehículo. Un Lotus Esprit negro, a toda velocidad y frenando justo a sus pies. Noel nota que en el interior del auto no hay ningún conductor, no entiende qué demonios está ocurriendo.

Los agentes de la C.I.A. intuyen que el auto le pertenece al Agente V, al ver cómo este corre hacia él y abre la puerta para montarse.

— Espere — dice Noel — ¿Usted fue quien tiró esa esfera?

— No hay tiempo de explicar, súbanse al auto o no estorben — les responde.

Noel y Peter suben abordo. V inmediatamente arranca y sale por el túnel, hacia el patio del castillo. Alcanzan a ver un vehículo alejándose, donde presumen que el objetivo lleva a la chica. V acelera y los persigue.

El auto del fugitivo se ve acompañado por dos vehículos más. Estos bajan sus cristales y salen varias manos con ametralladoras para deshacerse de los agentes. Los fugitivos abren fuego, pero por fortuna, ninguno de los disparos daña el auto de V, pues cuenta con excelente blindaje. La persecución los lleva a las profundidades de un bosque, rodeado de árboles de hojas gruesas que cubrían la luz de la luna. Los agentes Noel y Peter temen que la brutalidad de la persecución los haga chocar con algún tronco de árbol, pero las habilidades de conducción de V son excepcionales. Con la destreza de un piloto profesional, se desplaza entre los árboles como un proyectil programado.

Una vez que el enemigo cesa el fuego para recargar, V presiona uno de los botones del guía de su vehículo. *"Mi turno"*, susurra el agente. De repente, de la parte frontal de su auto salen dos pequeñas torretas, las cuales retornan el fuego en contra de los fugitivos. Una vez más, Noel y Peter se sienten intimidados, pues la única vez que vieron semejante artillería, fue en las películas que vieron cuando niños. Les cuesta creer que lo que atestiguan es real.

—No se asusten, ustedes cumplirán con su misión pronto —les dice V.

El agente continúa atacando con el armamento de su auto, hasta que neutraliza dos de los vehículos que perseguían. Uno se sale del camino y otro se estrella contra un árbol. El tercero, en el que van el objetivo y la chica, se descuida y choca contra otro de los árboles. A medida que los agentes avanzan, el bosque se hace cada vez más estrecho, por lo que V decide detenerse para continuar a pie.

—Prepárense —les advierte el Agente V.

—¿Para qué? Después de ese choque, ya son nuestros —dice Peter.

El Agente V no le hace caso a Peter y saca su arma. Con cautela, se acerca al lugar del choque. Se fija que la única persona dentro es el chofer, quien ya está muerto. Mira a su alrededor y nota unas huellas en la nieve. Siguiendo este rastro, el camino los lleva a una zona más despejada del bosque, donde los árboles están más dispersos y la luz de la luna entra de lleno. Mientras los agentes caminan, la noche se vuelve más fría y silenciosa para ellos, una quietud inquietante los arropa. Llegado a un punto, alcanzan a ver a su objetivo, cargando a la chica y tratando de escapar. V apunta con su arma y de un solo disparo, logra darle en una pierna, sin dañar a la dama. El hombre cae como árbol talado.

— A partir de aquí, me encargo yo, quédense atrás — les dice V.

La situación parece estar bajo control, hasta que, en ese instante, en la medida que V se acerca, el hombre caído se levanta con rapidez, dejando caer su máscara, casi como si alguien lo estuviera halando con cuerdas de títere. Alza sus brazos y con una explosión, se esparce un resplandor rojo que arropa todo el bosque. Noel y Peter se cubren con sus brazos y cierran sus ojos. Al abrirlos nuevamente, notan que su objetivo desapareció.

— ¿A dónde fue? — pregunta Peter con voz quebrada y la frente sudada.

Noel se da vuelta y antes de que pudiera reaccionar, ve una figura espeluznante detrás de su compañero. Era el hombre que perseguían, pero su cabello parecía estar prendido en llamas, sus ojos se tornaron oscuros como la noche y su rostro era rojo como la punta de un cigarrillo encendido. A una velocidad terrorífica, esta entidad levanta su brazo y atraviesa el pecho de Peter con furia. Antes de que pudiera darse cuenta de lo ocurrido, Peter ya estaba muerto.

— ¡Al suelo! — grita el Agente V.

Noel siente que su espina dorsal se había petrificado hasta la profundidad de su alma. Si se dejó caer al suelo, fue más por la misma gravedad que por voluntad propia. La criatura recibe tres disparos a la cabeza de parte del Agente V y cae en la nieve nuevamente. V se le acerca, sin quitarle los ojos de encima, hasta colocársele al frente.

— Azazel, no me sorprende — dice el Agente V — Asumí que le concederían esta tarea a un gusano como tú.

— Spectrum, que el Señor Oscuro maldiga la hora en que te trajeron a este mundo — le responde la criatura, con una voz aterradora, como si estuviesen hablando tres personas a la vez.

— Lamentablemente, estas balas no pueden matarte, pero esta vez vendrás conmigo.

— Entonces, te deseo mejor suerte para la próxima.

En ese momento, un círculo de fuego emerge del suelo y rodea a Azazel, hasta cubrir su cuerpo por completo. Su silueta se adhiere a la nieve y en cuestión de segundos, desaparece. El Agente V guarda su arma y se acerca a Noel para levantarlo.

— ¿Estás bien? — pregunta V.

— ¡No, no estoy bien! — se altera Noel — ¡Mi compañero ha muerto y no sé qué rayos fue eso!

— Ese era Azazel, un demonio de categoría alta. Lamento lo de tu compañero, pero todavía tienes una misión que cumplir. Veamos si la chica está bien.

V se recompone y avanza como si fuera un día cualquiera de oficina. Noel, en cambio, apenas puede mantenerse de pie. No sabe qué le impacta más, si el horror que acaba de presenciar o la naturalidad con la que el Agente V maneja la situación. Ambos agentes llegan hasta donde la mujer y verifican que está bien, aunque permanece inconsciente.

— Escucha, no sabemos qué querían con ella, así que te acompañaré en la extracción, ¿de acuerdo? — le dice V.

— Sí... — responde Noel tras pensarlo mucho, dudando si lo que está viviendo es real. — Está bien.

— ¿Tienes alguna pregunta antes de que procedamos?

— Sí, ¿quién diablos eres y para quién trabajas realmente?

— Mi nombre es Dany Spectrum, y como ya te dije, trabajo para la I.P.I.A.

— ¿Y eso qué rayos significa?

— Agencia Internacional de Inteligencia Paranormal.

2. LA CÁPSULA

Spectrum entra al restaurante de *Kachao*, en el centro de su ciudad. Llega con una sonrisa de satisfacción, la misma que demuestra cada vez que visita este lugar. Saluda amablemente a las personas sentadas en las mesas de las esquinas y en las mesas del fondo. Llegando a la mesa del centro, se quita su chaqueta y la acomoda en su asiento, quedándose solo con el chaleco para estar más cómodo. La camarera, hermosa y amable, se le acerca para llevarle el menú y dispuesta a atenderlo.

— No hace falta, dulzura, ya sabes lo que quiero — dice Spectrum.

— Por supuesto, querido, siéntete en casa — responde la camarera.

Al retirarse la camarera, llega el dueño del local, calvo, barbudo y con una sonrisa de Santa Claus, quien acababa de salir de la cocina.

— ¡Dany, viejo amigo! Qué gusto verte por aquí de nuevo — se acerca con los brazos abiertos.

— ¡Lorenzo, camarada! ¿Cómo podría dejar de visitar mi propia baticueva? — Spectrum se pone de pie y lo recibe con un cálido abrazo.

— ¿Cómo va el trabajo?

— Agotador, vengo desde el otro lado del mundo solo pensando en tus hamburguesas.

— Pues ponte cómodo, tu doble carne con crema de hongos y cebolla caramelizada ya está en camino.

Su amigo se despide y Spectrum vuelve a tomar asiento. A medida que espera, va revisando su celular y encuentra noticias sobre Teresa Sadler, la hija del Senador que estaba desaparecida, quien finalmente fue rescatada gracias a un operativo de la C.I.A. Los artículos reconocen a la joven Sadler como una empresaria exitosa, que a su temprana edad, ha logrado destacarse a nivel internacional en la compañía Eternal. Un logro bastante peculiar, considerando la crisis económica que ha azotado al mundo en lo que va del 2023, tras la recesión que dejó la pandemia.

Al terminar de leer las noticias, no tarda mucho para que la hermosa camarera volviese a su mesa, esta vez con el pedido de Spectrum en una bandeja. Cuando le colocan su hamburguesa y su refresco de uva en su mesa, Dany se siente como Indiana Jones a punto de tomar el *Ídolo Chachapoyano de la Fertilidad*, estando en la presencia de un tesoro que venía anhelando desde Transilvania.

Solo era él y su gloriosa hamburguesa, pero antes de que pudiera enganchar sus dientes sobre su presa, un extraño se le sienta al frente en su mesa. Un muchacho con un abrigo verde y una capucha que le cubre el rostro.

— Maldición, Noel — dice Spectrum calmadamente — Sabía que eras predecible, pero no impertinente. Acabas de interrumpir una misa.

Noel se levanta la capucha.

— Espera, ¿sabías que te estaba siguiendo?

— Camino a este lugar, siempre tomo la misma calle y veo lo mismo — explica Spectrum — La señora Binden saliendo de su casa, el loco de Billy con la pancarta de que los alienígenas vienen, en la esquina del semáforo y el señor Smith, quien le limpia los zapatos al señor Greene. Un minuto más o un minuto menos, todos siguen la misma rutina a la misma hora. Cuando un patrón está establecido, es más fácil identificar a un intruso, al distinguir una anomalía en la ecuación. Esta vez al señor Greene no le estaban limpiando los zapatos, por primera vez lo vi haciendo turno porque el señor Smith le estaba limpiando los zapatos a un joven de capucha verde, quien casualmente tenía la misma estatura de Noel y un lunar en su mano izquierda. Ahora, tu misión, si decides aceptarla, es dejarme a mí y a mi hamburguesa en paz.

Noel no puede disimular que su boca se quedó entreabierta y que sus ojos no podían pestañear, al escuchar el análisis de Spectrum. En ese momento parecía tan evidente que se sentía estúpido.

— Tengo… tengo una misión — dice Noel.

— ¿En serio? ¿Cuántos almuerzos debes interrumpir antes de que los malos dominen el mundo?

— Tengo órdenes de investigarte y tengo unas preguntas que hacerte.

Con pesadez y desencanto, Spectrum pone su hamburguesa en el plato y la aleja; pega su espalda del asiento y emite un largo suspiro.

— Veo que no podré deshacerme de ti, como gustes.

Toma una cuchara de su mesa y lentamente procede a tocar tres veces el vaso de cristal de su bebida. Al escuchar los tres toques del vaso, todos los clientes sentados en las otras mesas detienen sus conversaciones y sueltan su comida. Noel mira a su alrededor y nota que hasta las camareras y cocineros se quedaron quietos y callados. Todos se recogen y salen por la puerta trasera de la cocina, dejando a Spectrum y a Noel completamente solos. Ahora Noel se siente aún más tonto, al ver que todo el lugar es una mera pantalla.

Spectrum agarra su saco que está colgando del espaldar para buscar algo. De los bolsillos de su traje, saca unos extraños artefactos. Una mini tableta y dos pequeños mandos remotos.

— ¿Qué es esto? — pregunta Noel, quien se mantiene alerta — ¿Otros de tus artefactos?

Con paciencia, Spectrum engancha los dos mandos sobre los extremos laterales de la tableta, enciende su consola y como si no tuviese a nadie al frente, se pone a jugar *La Leyenda del Eslabón*.

— De acuerdo, querías un rato a solas y te lo concedí. Ahora, pregunta lo que quieras — dice Spectrum sin alzar su mirada, manteniendo su atención en su juego.

— No me vas a tomar en serio, ¿verdad?

— Tu poder de observación está por encima de los nueve mil, impresionante — responde Spectrum, con un tono sarcástico y sutil, mientras sigue jugando.

— De acuerdo, iré directo al punto: ¿para quién trabajas realmente? Ni en los archivos más antiguos de la C.I.A. hay evidencias de que tu agencia exista.

— Ciertamente, pequeño saltamontes, lo que no está en los registros, no existe en el mundo. Esa es la idea.

— ¿Estás diciendo que ni siquiera el gobierno sabe de su existencia?

— La existencia es relativa, el ser solo existe cuando toma conciencia de sí mismo. Hace unos días seguramente no creías en demonios, pero ahora, a juzgar por tus pupilas, no has dormido desde que viste a uno.

Spectrum pausa su juego un instante, al ver que Noel está tardando mucho en hacer su siguiente pregunta. Alza su mirada y ve a un muchacho cabizbajo, con dedos temblorosos y culpa en sus ojos. Spectrum suelta su consola y emite otro largo suspiro, dejando relucir un tacto que no había mostrado hasta ahora.

— Escucha, lamento lo de tu compañero, a agentes jóvenes como tú, los preparan para hacer sacrificios, por lo que estas cosas deberían verse como gajes del oficio, pero cuando somos testigos de algo que no podemos entender, la cosa cambia. ¿Quieres mi consejo? Si no tienes control sobre algo, no te obsesiones con eso.

— Es más fácil decirlo que hacerlo — responde Noel.

— Lo sé, debe haber una razón por la cual aún no te has largado, así que yo también trataré de no obsesionarme con esa esperanza.

En ese instante, Spectrum se toma un momento para sacar su reloj de bolsillo y contemplarlo. Mientras observa su reloj, recita unas palabras entre labios que Noel no puede descifrar. Al guardarlo, vuelve a tomar su consola y continúa jugando.

— Veo que de ti no obtendré respuestas — dice Noel — Buscaré otros medios por mi cuenta, pero esto no se queda aquí.

Mientras Noel se levanta y se aleja de la mesa, Spectrum lo sigue con la mirada. Aprovecha el instante en que le está dando la espalda para quitarse sus gafas oscuras y mirar a Noel. Lo observa de arriba a abajo, como si hubiese identificado algo que hasta ahora estaba ignorando. Se pone sus lentes nuevamente y lo llama.

— Muchacho, ven acá.

Noel suelta la puerta que ya tenía abierta, le resulta extraño que lo haya llamado, por lo que regresa a la mesa con curiosidad.

— Veo en ti un interés particular. Te advierto que yo solo puedo mostrarte la puerta, pero tú eres quien la tiene que atravesar.

— Espera… ¿Morfeo? — pregunta Noel, quien parece reconocer esas palabras.

— Así que viste *Matrix* — se sorprende Spectrum — Acabas de desagradarme menos. ¡Lorenzo!

— ¡Adelante, Spectrum! — responde el chef saliendo de la cocina.

— Prepara la cápsula, tengo que reportarme con el señor Van Helsing.

— Por supuesto, pero, ¿qué hay de tu hamburguesa?

— Pónmela para llevar, si eres tan amable.

Spectrum se dirige a Noel y le pregunta:

— ¿Qué hay de ti? ¿Quieres una malteada? Son las mejores de la ciudad — pregunta Spectrum con seriedad en su mirada.

— No gracias, no se me antoja.

— Sabia decisión, no quisiera que vomitaras sobre mi traje — se pone su chaqueta y se prepara para partir.

— Espera, ¿qué?

— ¡Cápsula lista, Agente V! — le avisa la encantadora camarera, con su hamburguesa y su refresco de uva empacados para llevar.

Spectrum y Noel se despiden, se llevan la hamburguesa y pasan a la parte trasera de la cocina, donde los esperaba una gran cápsula ovalada de metal.

— ¿Esto tan siquiera es un restaurante de verdad? — pregunta Noel.

— Bueno, sirven comida de verdad, ¿no? — responde Spectrum.

Entran a la cápsula y encuentran dos asientos a los laterales. *"¿Cómo funciona esto? ¿A dónde nos llevará? No vi rieles ni propulsores, ¿es esto una broma?".* Noel se hace estas preguntas, mientras ve cómo Spectrum toma asiento y se abrocha su cinturón, acomodando su hamburguesa a su lado. Spectrum observa a Noel con una mirada de advertencia.

— Ponerte el cinturón es lo más sensato que podrías hacer ahora — le dice Spectrum.

Al escuchar esto, Noel sigue su consejo, sin tener idea de cómo funcionaría este supuesto medio de transporte. La puerta se cierra rápidamente y una seductora voz femenina atiende a los pasajeros: *"Saludos, agente. ¿A cuál nave se dirige?".*

— Llévanos al RS-Tolquen.

— *Concedido* — responde la voz.

Noel escucha el encendido de una maquinaria que parece ser un motor, pero definitivamente no suena como ningún vehículo que haya montado antes. De repente, siente una presión en el cuerpo, como si hubiesen despegado, sin embargo, no siente que la presión sea hacia abajo, por lo que no pueden estar ascendiendo. Tampoco siente la presión hacia arriba, por lo que tampoco están cayendo. Ni siquiera siente que la cápsula se esté moviendo hacia una dirección específica, solamente siente una extraña presión hacia el interior de su cuerpo. Teme que la cápsula vaya a implosionar o algo peor.

De repente, la presión se detuvo. Noel tira tremendo suspiro de alivio al sentir que ya todo pasó. Mira su camisa y ve que está toda empapada de sudor. Siente la frente de su cabeza fría y un calentón en el pecho. El estómago se le retuerce. Tan pronto se abre la puerta de la cápsula, Noel sale disparado y empieza a vomitar como si no hubiera un mañana.

Spectrum le pasa por el lado y le tira una toalla. Noel alza su mirada y se queda estupefacto al ver que la cápsula no le hizo nada. Spectrum luce tan impecable como si lo acabaran de comprar en una juguetería.

— Te veré en la enfermería — dice Spectrum — Tengo un reporte que hacer.

A medida que Spectrum se aleja, Noel ve cómo un grupo de personas con bata blanca se le acercan. No es sino hasta que lo ponen en una camilla, que Noel se da cuenta que no hay techo. Puede ver la claridad del cielo y las centelleantes nubes. El viento sopla fuerte, el aire se siente salado y se puede escuchar el choque de las olas. *"¿Qué diablos? ¿Estamos en un barco? ¡Pero hace unos minutos estábamos en un restaurante en medio de la ciudad! ¿Qué droga me habrá puesto Spectrum?"*

3. MISIÓN CLASE B

Spectrum abre la puerta con extrema suavidad para entrar a la recepción. Ve que la señora Bertha está distraída tocando unos archivos en el librero de la esquina. Aún no se ha percatado de su presencia. Como un niño que husmea en un refrigerador a tardes horas de la noche, Spectrum camina con suavidad y trata de llegar a la puerta del otro extremo de la habitación, sin que la dama se dé cuenta.

— ¿A dónde cree que va, jovencito? — la señora Bertha saca su bastón y da un toque a las rodillas de Spectrum — Puedo escuchar su respiración desde el otro extremo de la cubierta.

Spectrum toma aire profundamente y con sospechosa gentileza saluda:

— Señora Bertha, dichosos los ojos que la ven.

— Usted siempre tan elocuente, Agente V — responde la señora — Lleva usted un mes sin reportar sus traslados, he tenido que inventarme los números para llenar los informes. A este paso, tendremos que plantarle ese localizador que tanto he sugerido.

— Soy un fiel creyente de que las colaboraciones florecen mejor cuando se delegan funciones. Confío en que el trabajo de papeleo está en buenas manos. Ahora si me disculpa, tengo que reportarme con el señor Van Helsing.

— Adelante, pues. Repórtese y espere a recibir su próxima asignación para que siga haciendo más desastres sin reportarse conmigo. Todos los agentes son iguales, en especial los hombres. Irresponsables, charlatanes, descuidados… — la señora camina hacia su escritorio mientras se sigue quejando.

Mientras tanto, Spectrum se va alejando lentamente de la señora Bertha, dejándola hablando sola. El agente cruza la puerta y llega al despacho de su superior. Un amplio salón, repleto de artefactos, armas y armaduras de diferentes eras. Para él, era como visitar un museo multicultural.

Al fondo, se encuentra un caballero de brazos cruzados, dándole la espalda y contemplando la pintura del *Árbol del Conocimiento del Bien y del Mal*.

— ¿Quería verme, señor? — pregunta el agente Spectrum mientras se acerca.

El señor Van Helsing se toma su tiempo para responder, hasta que finalmente se expresa.

— ¿Sabes por qué este es mi cuadro favorito? — pregunta Helsing.

— No lo sé, señor, ilumíneme.

— Porque es un recordatorio a mí mismo de lo mucho que ignoramos de este y otros mundos. Gracias a los tiempos de crisis y conflictos, descubro algo nuevo que me demuestra lo mucho que ignoramos.

— Todo es verdad, hasta que la verdad cambia.

— ¿Crees en la liberación que otorga el conocimiento?

— Creo que el conocimiento es un arma de doble filo. Libera la mente de quien lo aprovecha, pero corrompe el alma de quien lo tergiversa.

El señor Van Helsing se da vuelta. La mitad de su rostro es la de un anciano que ha visto muchos inviernos, la otra mitad, es la de un hombre joven y vigoroso.

— Por eso te he convocado, Agente V — dice Helsing — Veamos ese informe de tu misión en Transilvania.

Ambos caminan hacia el centro del salón. El suelo se abre y del mismo emerge una mesa rectangular. Spectrum y Helsing toman asiento y automáticamente la mesa enciende su proyector de hologramas tridimensionales. Spectrum presiona un diminuto botón en el lado derecho de sus gafas, conectándose de manera inalámbrica al proyector. Empiezan a repasar las grabaciones de la noche en el castillo.

— A ver — dice Helsing — ¿Qué es lo primero que te llama la atención aquí?

— La forma en que rodeaban a la hija del senador en la mesa del centro, parecía el *Ritual de Thanandus*. Creí que era una práctica olvidada, pero todos los elementos coinciden. Lo más extraño es que no logré ver nada en la chica. Cuando ese ritual está en una etapa tan avanzada, ya debería detectarse rasgos de posesión en el sujeto.

—Tal vez haya sido que los detuviste antes de que sus progresos se concretizaran.

—Tal vez, como también pudiera ser que la estuvieran usando como carnada para algo más.

—¿Y Azazel como chivo expiatorio? ¿Qué conexión pudiera haber ahí? ¿Y desde cuándo a estos demo-terroristas les ha interesado la política? Secuestrando a la hija de un senador.

—Sospecho que el motivo de su secuestro va más allá de su conexión política. Estuve investigando a la hija misma, Teresa Sadler. Trabaja para Eternal, una empresa multinivel de productos farmacéuticos. En los últimos años, tuvieron el crecimiento más grande desde su fundación.

—No me sorprende, después de la pandemia del Covid-19, a todo el mundo le interesa el mercado de la salud más que nunca. ¿Esta señorita Sadler tiene alguna posición importante en esta empresa? —pregunta Van Helsing.

—A inicios de año alcanzó el rango de Diamante Ejecutivo, el segundo más alto después de Platino Principal. Confirmé que se estará reintegrando a sus labores dentro de dos días e impartirá conferencias en varias ciudades de Italia.

—Entonces ya sabes a dónde debes ir, pero dada la calidad de la persona de que se trata y al haber sido un objetivo del enemigo con anterioridad, me temo que tendré que tipificar este caso como una Misión Clase B.

— Oh, por favor no. Sabe que me manejo mejor solo.

— Es una orden, Agente V. Prepare la propuesta de su equipo y envíela a El Triángulo para su aprobación. Mientras tanto, repórtese con el Departamento de Abastecimiento, para acordar el equipamiento necesario.

— De acuerdo, señor.

La proyección finaliza y ambos se ponen de pie.

— Otra cosa, veo que te trajiste a ese agente de la C.I.A. que te está investigando. Creo que no tengo que pedirte que seas discreto, ¿verdad?

— En lo absoluto, señor.

— Bien, y por el amor de Dios, entrégale sus reportes a la señora Bertha.

— Por supuesto, señor — responde Spectrum, entre una ligera risa silenciosa que no pudo disimular.

Spectrum vuelve a la recepción, donde estaba siendo esperado por la señora Bertha. El agente continúa caminando con naturalidad hacia la salida, como si ella no estuviera ahí.

— Agente V, que sea ciega no significa que me fallen todos los demás sentidos.

— ¡Señora Bertha! Disculpe que la ignore, despedirme de usted siempre hiere lo que queda de mi alma — responde Spectrum, haciéndose el sorprendido.

— A donde sea que vaya, más le vale que me traiga mis reportes, ¡o habrá consecuencias! — le dice Bertha, mientras Spectrum se aleja.

— ¡No se preocupe! La mera idea de escuchar sus regaños hasta morir, ya es amenaza suficiente. ¡Nos vemos! — Spectrum abandona la recepción, como ratón saliendo a buscar queso.

El Agente V atraviesa los pasillos del barco, dirigiéndose hacia el Departamento de Abastecimiento. En el camino, saca su teléfono celular y abre la aplicación especial de la I.P.I.A.

— *Saludos, agente. Por favor, identifíquese* — pregunta la misma voz femenina que lo había atendido en la cápsula.

— Agente V, Dany Spectrum.

— *Bienvenido, Agente V. ¿En qué puedo servirle?*

— Se me ha asignado una Misión Clase B, requiero autorización para ensamblar equipo.

— *Confirmado, usted tiene una Misión Clase B. Procedo a abrir catálogo para ensamblaje de equipo: ¿Piloto?*

— Jessica Chambers.

— *¿Sastre?*

— Sean Craig.

— *¿Refuerzo?*

— Noel Lockward.

— *Error: Noel Lockward no aparece registrado como agente de la I.P.I.A.*

— Abre un nuevo registro y agrégalo como un pasante.

— *Aprobado, Noel Lockward agregado como pasante. Siguiente y último integrante: ¿Sacerdote?*

Al escuchar esta última pregunta, Spectrum no responde. Se sumerge en sus pensamientos por un instante para la sugerencia del último miembro.

— De acuerdo — finalmente responde — Sacerdote: Harvey Spectrum.

— *Ensamblaje completado. Propuesta de equipo remitida al Triángulo para su aprobación.*

— Muchas gracias.

Al completar su solicitud, Spectrum ve que finalmente llegó al Departamento de Abastecimiento. Cruza un portón metálico que lo conduce a un túnel de descontaminación, que a su vez lo lleva a la recepción del departamento. Spectrum se acerca a una bella dama, quien lo esperaba en su escritorio.

— Buenas tardes, Alexandra. ¿Él se encuentra? — pregunta Spectrum.

— Buenas tardes, V — contesta la recepcionista — Así es, está en la enfermería, atendiendo a su invitado, el joven Noel.

— Perfecto, debe estar muy entretenido.

Mientras llega a la enfermería, atraviesa un salón repleto de ingenieros, científicos y sacerdotes que trabajan en todo tipo de artilugios y vehículos. Trata de andar con cuidado, para no pisar nada ni interrumpir el trabajo de los demás. Llega a la enfermería, donde lo primero que ve es a Noel tirado en una camilla. Luego ve al Reverendo sentado al fondo, un señor mayor de edad, caucásico, anteojos sobre sus ojos azules, cabello castaño, alto y vestido con una túnica negra.

—Veo que conociste a nuestro invitado — dice Spectrum.

—Así es, le di algo para el mareo y ahí se ha quedado. Creo que ya es tiempo de despertarlo.

El Reverendo Harvey toma un pequeño inhalador especial para reanimar personas desmayadas, creado por su departamento. Lo pasa cerca de la nariz de Noel y este salta de la camilla, como un estudiante al que se le olvidó hacer una tarea.

—Bienvenido y felicidades por sobrevivir a tu primera teletransportación.

—¿Tele qué? — Noel todavía está algo estupefacto.

—Bienvenido a bordo del RS-Tolquen. Dices que tienes órdenes de investigarme, pero lamentablemente también tengo que trabajar. Así que considérate un pasante no oficial de la I.P.I.A. para mi próxima misión.

—¿Es en serio? Para ser alguien que criticó mis métodos en Transilvania, veo que estás siendo muy transparente con toda la información que me estás dando. ¿Cómo es que la existencia de esta agencia no ha salido a la luz?

—¿Crees que nadie más lo ha intentado antes? La idea de una agencia internacional que se dedica a tratar amenazas paranormales que azotan a esta dimensión, resulta tan inverosímil, que cualquier periódico que publique algo al respecto estaría condenando a toda su empresa. En cuanto a nuestra existencia frente a otras agencias de inteligencia, el Triángulo lo tiene controlado.

—¿Qué es El Triángulo? — pregunta Noel.

— Es algo que tendrías que verlo para creerlo. Por ahora, ya es tiempo de que te incorpores. Tengo una asignación y tu asistencia me podría ser muy útil.

— Supongo que por eso viniste a verme — comenta el Reverendo.

— Así es, el señor Van Helsing supuso que tendrías algo para mí.

— Si con algo te refieres a más herramientas para poner en práctica tu impertinencia, entonces sí.

Spectrum y Noel dejan la enfermería y acompañan al sacerdote hasta el fondo del salón, donde los espera una mesa con una serie de artilugios.

— Muy bien, Agente V, no sabía en qué momento te iban a asignar una nueva misión, pero con la frecuencia en que te metes en problemas, me preparé antes — dice el sacerdote.

— Siempre dos pasos adelantados, reverendo.

El sacerdote toma una esfera plateada y se la muestra al agente.

— Imagino que ya estás familiarizado con la Luz del Edén.

— Si, me fue de gran utilidad en Transilvania.

— Espera un momento, recuerdo esta cosa, la arrojaste en el sótano del castillo. Vi que todos quedaron cegados, pero a mi compañero y a mí no nos hizo nada. — dice Noel.

— Eso es porque la Luz del Edén emite un resplandor que únicamente afecta a las personas que tengan presencia demoníaca en su interior — explica el sacerdote — Para el ojo humano, es casi imperceptible.

— Es muy bueno para jugar a la defensiva — dice Spectrum — ¿Tienes algo que me sirva para la ofensiva?

El sacerdote rueda sus ojos ante dicho comentario, se da vuelta y de la mesa toma un revólver plateado para mostrárselo al agente.

— Bueno, finalmente hemos completado este prototipo. Aquí tienes la Jacobo 45. Si presionas el botón que tiene cerca del gatillo, la recámara del revólver se podrá alternar entre balas de plata, balas con ajo, balas celestiales y munición con agua bendita integrada. Ten mucho cuidado con las balas celestiales, el material requerido para su fabricación es difícil de encontrar y son escasas, así que dales un uso inteligente. Por otro lado, tendrás tus habituales granadas gravitacionales y granadas con estacas.

— Fascinante, ustedes se esmeran cada vez más — comenta Spectrum con media sonrisa en su rostro — ¿Algo más?

— Si — el sacerdote toma una caja de cristal — Aquí tienes, tus nuevas gafas oscuras. Esta vez le incluimos visión nocturna, ultravioleta, térmica y S.O.N.A.R.[1]

— ¿Sonar, como los submarinos?

— En efecto, Agente V. Procura hacer el cambio de tus gafas cuando estés a solas, para evitar cualquier incidente.

---

[1] Navegación por sonido, similar al que utilizan los submarinos.

— Fantástico, la Navidad llegó antes a mi puerta por lo que veo.

Spectrum siente una vibración en su bolsillo. Saca su teléfono celular y ve que recibió la notificación que estaba esperando. El sacerdote ve una sonrisa sospechosa en el rostro del Agente V. Por alguna razón, sentía que el asunto también era de su incumbencia.

—Bueno, el día se acaba de poner mejor — dice Spectrum — El Triángulo ha aprobado mi equipo para mi Misión de Clase B y adivina quién será mi sacerdote.

—No, esto tiene que ser una broma — dice el reverendo.

—Lo puedes comprobar tú mismo.

El reverendo toma el celular del agente y así lo confirma.

—¿Sacerdote aprobado: Harvey Spectrum? Sabes cómo detesto el trabajo de campo, Dany.

—¿Spectrum? Dany, ¿no es ese tu apellido? — pregunta Noel.

—Agente Lockward, te presento a mi padre, el Reverendo Harvey Spectrum. Será el sacerdote designado para el equipo y nos acompañará en Italia.

—¿Nos?

—Escuchaste bien, serás mi refuerzo en esta tarea. Ya te dije, míralo como una pasantía, será entretenido.

El Agente V ahora se dirige a su padre.

—Empaca tus cosas, Jessica será nuestra piloto y Sean será el sastre designado. El avión nos estará esperando en la cubierta dentro de diez minutos.

33

4. AGENCIA INTERNACIONAL DE INTELIGENCIA PARANORMAL

Dany y Noel suben a la parte trasera de la cubierta del RS-Tolquen. Todos los tripulantes alrededor despejan el área. En la medida que esperan, Spectrum percibe mucha duda en los ojos de Noel.

— Te veo analítico — dice Spectrum — ¿Algo que quieras compartir conmigo?

— Muchas dudas — responde Noel. — Para empezar, ¿por qué irnos en un avión si tu organización inventó la teletransportación?

— Bueno, no es tan simple como lo ves en *"Viaje a las Estrellas"*. Desmaterializar un cuerpo para volver a materializarlo en otro lugar es bastante complicado y peligroso, por eso solo lo hacemos de un punto específico a otro y no en cualquier lugar. Cada cápsula de transportación está conectada para hacer un viaje único desde su local hacia el barco de la I.P.I.A. que tenga asignado.

— Bueno, lo entiendo, pero, ¿se supone que el jet nos va a recoger aquí? ¿Cómo piensan despegar si este barco no tiene las capacidades ni las dimensiones de un portaaviones?

— Ya verás.

En ese instante suena la alarma. La parte trasera del barco se abre lentamente y de la misma sale una plataforma, ancha y gruesa, que se va alargando cada vez más hacia el horizonte. Rápidamente, Noel notó que se trataba de una pista de despegue y aterrizaje.

— Un día de estos tendré que conocer a sus ingenieros — dice Noel con asombro en sus ojos.

De repente, suena una segunda alarma. Una voz advierte alejarse del centro de la plataforma, es ahí cuando el suelo se abre en dos y lentamente emerge un Jet privado, negro y reluciente, con el nombre *"The Phantom"* marcado en el lateral. Del mismo baja una escalera y los agentes son recibidos por una hermosa joven de cabello rubio y uniformada de azul marino, camisa blanca, corbata negra y rayas amarillas en sus mangas.

— Capitana Chambers, un placer volver a volar con usted. — saluda Spectrum.

— Agente V, un placer para usted volver al mejor jet de toda la agencia — dice Jessica sin ninguna modestia, pero con una elegante picardía.

— Siempre es bueno estar en casa. ¿De casualidad está aquí…?

— ¿La hamburguesa que dejaste en tu cápsula? Está justo al lado de tu asiento preferido, recién recalentada — responde Jessica, antes de que Spectrum terminara.

— Bueno, ¿y qué hay de mis…?

— Tus libros y tus videojuegos estaban empacados desde ayer.

— Pero ayer ni siquiera me habían asignado esta misión.

— Intuición, querido. Nunca duras más de tres meses sin involucrarte en otra misión en la que me necesites y evidentemente me ibas a escoger a mí como tu piloto. ¿Algo más?

— Si, ¿cuándo nos casamos?

— Ya me encargué de eso, solo que decidí adelantar el divorcio y seguir con mi vida sin estrés, así que ni te molestes.

— Excelente, todos felices. Jessica, te presento a Noel.

— Noel Lockward, un placer — extiende su mano para saludar.

— Un momento, jovencito — dice Jessica.

La piloto no estrecha su mano, al contrario, observa al joven Lockward de arriba a abajo, como si estuviera inspeccionando a un niño que se acaba de robar una manzana.

— El Agente V podrá ser permisivo con ciertas cosas, pero yo no — explica Jessica, con un tono dictatorial.

— Tendrás que disculparla, quiere este avión como un hijo y es paranoica con las visitas — dice Spectrum.

— No le mojaré los asientos, si eso es lo que le preocupa. — contesta Noel, con incredulidad en su voz.

— No sé para qué V te habrá seleccionado para esta misión, pero te estaré vigilando. — advierte Jessica, señalándolo como una maestra amenaza a un estudiante malcriado.

Una vez hecha la advertencia, todos abordan el jet. En su interior, Noel puede apreciar uno de los jets más lujosos que haya visto, pues parecía un hotel de cinco estrellas. La cabina de la piloto, al frente, seguido de un pasillo que accede a una pequeña sala con asientos *leather* reclinables, un bar con toda clase de licores y un televisor de ochenta pulgadas. La sala se encuentra separada por una meseta de ébano que daba acceso a una hermosa cocina con todo lo que se pudiera necesitar. Detrás de la cocina, estaba un pasillo más pequeño con dos armarios que formaban un closet y al fondo un pequeño laboratorio. A pesar de todo el equipo y los lujos, todo el espacio estaba perfectamente distribuido para facilidad de circulación.

— Diablos, ni siquiera sé si quiera sentarme, es como si no fuera digno de estar aquí — dice Noel, mirando a su alrededor como si hubiese llegado a un parque de Disney.

— Bueno, al menos este niño respeta mi templo, me agrada. — le comenta Jessica a Spectrum.

Los tripulantes se van acomodando, cuando descubren que no estaban solos. Dos de los asientos estaban siendo ocupados por el sastre Sean Craig y el sacerdote Harvey Spectrum. Craig es un caballero sorpresivamente musculoso, de cabello rubio y ojos verdes. Vestido con un traje de doble botón, negro y de rayas, acompañado de una corbata azul marino estampada con rayas rojas. Para Noel, este sujeto parecía sacado del grupo *Il Divo*, no podía creer que en el equipo hubiese alguien tan elegante o incluso más que el mismo Spectrum.

— Veo que se tomaron su tiempo — dice el padre Harvey.

— El tiempo es una ilusión, ¿recuerdas? — dice el Agente V.

— Dile eso al tráfico de mi pueblo — dice el sastre.

— Señor Craig, un grato placer tenerlo a bordo — le saluda el agente. — Bien, creo que ya estamos completos. Capitana Chambers, el mando es todo suyo.

Los caballeros se acomodan en sus asientos y se preparan para abrocharse sus cinturones. La capitana se coloca al frente y da las indicaciones de lugar.

— Caballeros, bienvenidos nuevamente al *Phantom*. Estamos a punto de iniciar nuestro vuelo con rumbo a Italia. Agradeceré que permanezcan en sus asientos al momento del despegue. Si ensucian la alfombra, el infierno será un destino deseado en comparación con las medidas que tomaré. Disfruten su vuelo y gracias por acompañarnos.

— Créeme, no está bromeando — le susurra Spectrum a Noel.

Estas fueron las indicaciones de la capitana, quien pasa a su cabina y se prepara para despegar. La plataforma donde reposa el jet empieza a girar, colocándose con mira a la pista de despegue. El jet avanza para tomar velocidad y las turbinas hacen el resto. El jet finalmente abandona el barco y la plataforma de despegue se recoge lentamente hacia el interior de la cubierta.

Una vez que llegan a la altitud apropiada, la capitana da la señal de que sus pasajeros pueden quitarse sus cinturones. Rápidamente, el Agente V se pone de pie y toma el televisor de la sala, el cual cuenta con un enganche trasero que permite deslizarlo de la pared al suelo. Con la suavidad de un masajista, gira la pantalla y la baja hacia el centro del pequeño salón, convirtiéndola así en una mesa de pantalla táctil.

— Caballeros, empecemos — dice Spectrum. — Nos dirigimos a la ciudad de Venecia, Italia. Nuestro objetivo es Teresa Sadler, un rango Diamante Ejecutivo de la empresa Eternal e hija del senador Mark Sadler.

La pantalla de la mesa muestra una recopilación de datos, artículos de periódicos y videos de las redes sociales, mostrando los últimos movimientos de esta persona. Con el tacto de la pantalla, Spectrum arrastra la publicación sobre las conferencias que la joven Sadler estará impartiendo en diferentes ciudades de Italia.

— Debido a su conexión con su padre, la C.I.A. había determinado que su secuestro estaba vinculado a relaciones políticas. Sin embargo, en mi última misión en Transilvania, vimos que su secuestro implicaba actividades demo-terroristas.

— ¿Demo-terroristas? — pregunta Noel.

— Es el término que usa la I.P.I.A. para referirse a los terroristas y criminales internacionales poseídos por seres del inframundo — explica el Señor Craig.

— Correcto — dice Spectrum. — Azazel resultó ser el demonio que estuvo detrás de su secuestro y esa noche logró escapar. Eso significa que tienen un interés especial en Teresa Sadler que todavía no sabemos y corre el riesgo de ser perseguida nuevamente. Es por eso que el señor Van Helsing calificó esta tarea como una Misión Clase B, razón por la cual este equipo fue conformado.

— ¿Qué estaban haciendo con ella esa noche? — pregunta Noel.

Spectrum toma una de las imágenes de la pantalla y la agranda. Resulta ser un video que tenía guardado. Al reproducirlo, ven que se trata de la misión de Transilvania. Spectrum adelanta las imágenes hasta el momento en que llegan al calabozo del castillo y ralentiza el video.

— *Thanandus*, un ritual de posesión para invocar a uno de los siete demonios que traicionaron a Lucifer. Estaban usando a Teresa como un contenedor para la llegada de uno de ellos — explica Spectrum.

— Dios mío — se sorprende el sacerdote, mientras se quita sus anteojos — La última vez que el mundo vio este ritual, el poder de Hitler se multiplicó por mil. ¿Estás seguro de que no completaron la ceremonia?

— No pude ver nada en ella, tal vez me puedas ayudar con tu *expertise*, para detectar algo que se me haya escapado.

El sacerdote se acerca y examina cuidadosamente las imágenes y videos más recientes de las redes.

— ¿Tenemos algún audio en el que ella haya dado alguna declaración? — pregunta el sacerdote.

— Sí, de hace dos semanas — dice Spectrum, quien encuentra el audio y lo reproduce:

"Fue una experiencia traumática. No saber dónde estaba, qué harían conmigo, quiénes eran estas personas. Fue la peor sensación de mi vida y no se la deseo a nadie."

— Espera — dice el sacerdote. — Vamos a agrandar la barra del audio, a ver si nuestro sistema detecta alguna otra voz.

Reproducen el audio nuevamente, pero el sistema no detecta novedades. Aun así, el reverendo no está conforme.

— Bueno, ahora vamos a reproducirlo en reversa, por si acaso.

Al no detectarse nada, el sacerdote se aleja de la pantalla y toma asiento. Cruza sus dedos y se sumerge en sus pensamientos.

— Esto es muy inusual — dice el padre Harvey. — Su voz no está intervenida desde el más allá, sus pupilas parecen estables en los videos y no muestra ningún tic nervioso extraño en comparación con las grabaciones anteriores a su secuestro.

— Es por eso que nuestro encuentro deberá ser personal, para poder investigarla de cerca — dice Spectrum. — Teresa asistirá a un evento en el teatro *La Fenice* mañana en la noche, ahí la encontraremos. Seré el nuevo guardaespaldas de la señorita Sadler. El agente Lockward, de la C.I.A., será mi refuerzo y estará donde yo esté, manteniendo su distancia. Para cualquier información que recopile, necesitaré que el padre Harvey esté en el jet para analizarla. La capitana Chambers será mis ojos desde aquí y el señor Craig será mi escudo. — Spectrum se vira a su sastre. – Señor Craig, ¿qué tiene para mí?

Con una sonrisa de satisfacción y orgullo, el señor Craig se frota las manos y suavemente se pone de pie. Caminando con firmeza, se dirige al fondo del jet, sacando de los armarios una amplia selección de prendas que le serán de utilidad a los agentes.

—Como siempre, aquí le tengo lo mejor de mi departamento — expone el señor Craig. — Trajes de dos y tres piezas, para eventos casuales y formales, con tela a prueba de balas, con corbatas lo suficientemente resistentes para soportar el peso de un manatí y gemelos para sus camisas. Uno con un localizador y otro con un botón del pánico para emergencias.

—Señor Craig, usted jamás decepciona — dice Spectrum, quien aprecia su mercancía con deleite. — Bueno, creo que ya estamos todos alineados. — Ahora se dirige a la piloto. — Capitana Chambers, ¿cuánto falta para llegar?

—Estamos a tres horas y media para llegar a nuestro destino — dice la capitana.

—Perfecto, tiempo suficiente para botar el golpe.

El Agente V se acomoda, quitándose su chaqueta y vuelve a poner el televisor en su lugar. Se sienta en una esquina a comerse su hamburguesa, mientras saca uno de sus libros favoritos de su maletín: *La Comunidad del Anillo*. Por su parte, el sacerdote se sienta a estudiar el material audiovisual que le compartió Dany, mientras Noel y el señor Craig toman una siesta.

Pasadas las horas, el sueño de Noel se interrumpe. Las luces de la cabina están bajas, los demás duermen y la Capitana Chambers continúa pilotando el jet. Noel suele tener dificultades para volver a conciliar el sueño una vez que despierta, por lo que busca medios para distraerse. Nota que cerca del asiento del sacerdote, hay un maletín con una computadora portátil semiabierta. No puede evitar dejarse impulsar por la curiosidad. Lentamente se acerca al asiento del sacerdote y toma su computadora.

Volviendo a su asiento, abre la portátil y ve que necesita una contraseña para acceder. Para Noel, adivinar la clave sería difícil, pues no conoce bien al sacerdote para asociarlo con alguna fecha o una palabra en específico. Pasado algunos minutos, decide pasar a la parte trasera de la cabina, para ver si puede encontrar algo en el pequeño laboratorio. Para su suerte, encuentra en un rincón lo que parece ser una pequeña lámpara de luz ultravioleta, para ver huellas dactilares.

Sin pensarlo dos veces, Noel toma la luz y vuelve a su asiento con la computadora. Con prudencia para no despertar a los demás, acerca la luz al teclado. Se pueden ver las huellas del sacerdote por todas partes, sin embargo, hay una serie de teclas que se ven más marcadas que otras. Identifica las letras: Q, D, A, E, R, U, I, O. Las posibles combinaciones que se pueden hacer con estas letras son centenares, pero trata de pensar en nombres que pudieran hacerle sentido. Tras varios minutos de intento, finalmente da con un nombre: ORQUÍDEA. Este es el intento que le da resultado, logrando acceder a la portátil.

Esperaba encontrar un escritorio lleno de íconos y archivos, pero para su sorpresa, la pantalla se veía despejada y con pocas aplicaciones. Noel asume que la mayoría de los archivos más importantes estarán cargados en una nube, lo cual es lógico, considerando la facilidad con la que pudo tomar esta computadora y acceder a ella. Sin embargo, encuentra una pequeña carpeta con información histórica sobre la I.P.I.A., así que, para satisfacer parte de su curiosidad, decide nutrirse un poco:

International Paranormal Intelligence Agency (I.P.I.A.) — Agencia Internacional de Inteligencia Paranormal:

Fundada el 15 de septiembre de 1940, el proyecto inició como una división especializada en estudiar, contrarrestar y sabotear los experimentos paranormales que ejecutaban los nazis durante la Segunda Guerra Mundial, operando bajo el código: *Tertia Oculus* (tercer ojo, en latín). La división estaba dirigida por Myrddin Emrys, Nikola Tesla y Abraham Van Helsing.

El 19 de febrero de 1950, la división se independiza y se constituye como una agencia especializada en casos paranormales que representen una amenaza a nivel global. Con la aprobación del Vaticano, la I.P.I.A. pacta una colaboración entre la iglesia y la comunidad científica, para manejar las situaciones con los conocimientos de las antiguas escrituras, combinados con el entendimiento de la materia y la física cuántica.

La sede central de la agencia, conocida como *El Triángulo*, es una ciudad construida sobre una isla artificial, situada entre las islas Bermudas, Puerto Rico y la ciudad estadounidense de Miami (en el centro del Triángulo de las Bermudas). Sus diferentes jefaturas operan desde embarcaciones, distribuidas alrededor de cada continente, con recursos aprobados y suplidos por El Triángulo.

Cada embarcación de la I.P.I.A. cuenta con sus departamentos y divisiones para garantizar la delegación de funciones y la efectividad de sus operaciones.

- <u>División de Agentes Romanos</u>: departamento encargado de dirigir, administrar, asignar y darle seguimiento a las misiones de los Agentes Romanos. Dichos agentes se encargan de la investigación, la persecución y la neutralización (en caso necesario) de las amenazas paranormales que afecten nuestro mundo. De igual forma, fungen como embajadores en los acuerdos y discusiones a suscitarse entre el cielo, el infierno y *El Triángulo*. Dichos agentes conforman un grupo limitado, con códigos asignados en números romanos y cuyas sedes se encuentran distribuidas en diferentes barcos.

- <u>Departamento de Abastecimiento</u>: encargado del estudio, análisis e investigación de los fenómenos paranormales que se registran en la base de datos de la I.P.I.A. División compuesta por doctores, ingenieros y sacerdotes, aprobados por la iglesia y certificados por *El Triángulo*. Sus integrantes cuentan con la autorización de utilizar los resultados de sus investigaciones para la elaboración de herramientas, equipamiento y armamento de la más alta tecnología, que puedan ser utilizados responsablemente por los Agentes Romanos. Como función secundaria, el departamento funge como cuerpo de enfermería en situaciones contempladas expresamente en la *Normativa de la I.P.I.A.*

- <u>Departamento de Sastrería y Sanidad</u>: encargados de la confección de la vestimenta y accesorios, a ser utilizados por los Agentes Romanos, con las especificaciones técnicas, materiales y tecnología autorizados por *El Triángulo*. Como función secundaria, funge como cuerpo sanitario para controlar cualquier evidencia y posibles daños colaterales que pudieran suscitarse en las misiones de los Agentes Romanos.

- <u>División de Transporte y Pilotaje</u>: cuerpo encargado de la conducción y pilotaje de los medios de transporte a ser utilizados por Agentes Romanos, por tierra, agua o aire. De igual forma, están entrenados militarmente para la observación, vigilancia y protección de los Agentes Romanos, conservando la distancia para no interferir directamente en sus misiones, salvo situaciones extremas dispuestas en la *Normativa de la I.P.I.A.*

Para mayor efectividad en la operatividad de la I.P.I.A., las misiones que llevan los agentes se encuentran clasificadas en cuatro categorías, dependiendo de su complejidad.

- <u>Misión Clase A</u>: tareas de investigación, observación, vigilancia, negociación y elaboración de reportes. Casos que pueden ser llevados por un único agente. En el hipotético escenario en el que la misión escale en complejidad y peligro, el agente deberá manejar la situación por su cuenta.

- <u>Misión Clase B</u>: tareas de investigación, protección, persecución, infiltración y potencial ataque. Casos que requieren ser llevados por un equipo, conformado por un miembro de cada departamento de la I.P.I.A., autorizado por *El Triángulo*. En el hipotético escenario en el que la misión escale en complejidad y peligro, el equipo deberá manejar la situación por su cuenta.

- <u>Misión Clase C</u>: manejo de situaciones conflictivas de escala global, en las que *El Triángulo* deberá interferir directamente y en la que más de un barco de la I.P.I.A. podrá ser convocado.

- <u>Misión Clase D</u>: manejo de situaciones conflictivas a nivel multidimensional, en donde la intervención celestial deberá ser requerida.

Cuando Noel termina de leer el informe histórico de la agencia, encuentra otro archivo que le llama la atención. Se trata de una clasificación de las amenazas con las que lidian los agentes romanos. Decide abrirlo para educarse un poco en la materia:

Los demonios son el enemigo común al que se enfrenta la Agencia Internacional de Inteligencia Paranormal. Sus capacidades y nivel de amenaza, varían dependiendo de la categoría a la que correspondan.

- <u>Baja</u>: demonios que pueden hacer daño desde la otra dimensión, pero que no cuentan con la energía suficiente para manifestarse físicamente en nuestro mundo.

- <u>Mediana</u>: demonios con el poder de manifestarse físicamente en nuestro mundo, asumiendo la forma de bestias salvajes, criaturas mitológicas o animales prehistóricos.

- <u>Alta</u>: demonios con el poder de manifestarse físicamente en nuestro mundo, asumir una forma humanoide, simular su apariencia y adquirir habilidades sobrenaturales de cualquier tipología.

- <u>Máxima</u>: demonios con el poder de controlar a otros demonios de alta categoría, normalmente fungiendo como autores intelectuales de atentados y cultos clandestinos.

Noel detiene su lectura al ver que al final del documento, hay unos anexos ocultos. Al abrirlos, se visualiza un misterioso archivo bajo el nombre de: *Proyecto V.I.S.I.O.N.* Intenta acceder, pero el archivo está bloqueado.

De repente, tiene la extraña sensación de que alguien lo está observando. Mira a su alrededor y ve que, salvo la piloto, todos están dormidos, sin embargo, le llama la atención que Spectrum duerme con sus oscuros anteojos puestos y con su rostro levemente posicionado en dirección hacia él. En ese instante, Noel no puede evitar pensar: *¿Qué garantía tengo de que realmente está dormido? ¿Cómo sé que esos anteojos no son una coartada para verme husmear? No sé qué me vio en el restaurante, pero siento que confió en mí con mucha facilidad. ¿Y si es él quien me está espiando a mí y yo soy el tonto que cae en su trampa?*

Toda esta incertidumbre no hizo más que inquietar a Noel, por lo que decide cerrar la computadora y volver a poner todo en su sitio. Revisa su reloj y confirma que todavía le queda una hora y algunos minutos para volver a conciliar el sueño. Cierra sus ojos nuevamente y trata de dormir, pero hay una duda que no lo deja en paz. *Proyecto V.I.S.I.O.N., me pregunto qué será eso.*

5. TRANSITOR

Las estrellas de la noche decoran el reflejo de las quietas aguas de Venecia, mientras los agentes toman un bote para llegar hacia su destino. Spectrum, vestido con un traje negro de tres piezas, camisa rojo vino y corbata gris. Lockward le acompaña, vestido con un traje gris oscuro, camisa negra y corbata rosada. Encuentran a una Venecia festejando, los jóvenes corren por las calles, las parejas bailan desde los techos de los edificios y los fuegos artificiales resuenan en los cielos.

— En cada esquina festejan como si fuera Año Nuevo — comenta el agente Lockward.

— No debería sorprendernos, después de la pandemia, hasta el más sedentario quiere vivir la vida loca — responde Spectrum.

— Eso es bueno, ¿no? A veces los tiempos difíciles nos enseñan a valorar más los placeres que nos perdíamos.

— Eso depende, la alegría excesiva puede ser más peligrosa que la ira desmedida.

— ¿Siempre eres el alma de las fiestas, Spectrum?

— Me considero un observador en medio de un

zoológico.

— Para ser un hombre tan observador, tener lentes oscuros todo el tiempo debe ser una incomodidad, ¿no crees? ¿A qué vienen esas gafas tuyas?

Spectrum no responde a aquella pregunta. Más que ignorarlo, el agente se distrae mirando hacia la luna llena. Noel se da cuenta que el porte de sus lentes oscuros, es uno de los secretos que se tiene bien reservado, así que prefiere no insistir para evitar impertinencia.

— ¿No te parece extraña la fascinación que muchos artistas tienen con la luna? — pregunta Spectrum de forma aleatoria — Es un miserable trozo de roca que nos sirve de satélite, pero ha servido de inspiración a tantos autores para hacer volar su imaginación. Poemas, canciones, retratos, historias de terror...

— No lo sé, no me había detenido a pensarlo.

— Siempre me he preguntado por qué la humanidad no siente esa misma atracción por el sol. Es una estrella que ilumina y alimenta a este mundo, pero casi no ves arte que esté dedicado al sol. La oscuridad y el misterio siempre nos resultan más atrayentes, pero a la vez, es el escondite preferido de aquello que nos quiere hacer daño. Aclamamos por ese misterio, hasta que tenemos un contacto con algo que deseamos no haber presenciado.

— ¿Por qué me comentas todo esto?

— Prepárate, agente Lockward. A partir de esta noche, vas a presenciar eventos oscuros que podrían atormentar a la mente más cuerda. Somos el puente entre el mundo en el que pisas y el mundo que quiere devorarlo. El hecho de que no presentaras objeción a acompañarme a esta tarea, me dice que buscas algo más que solo investigarme, así que espero no me hagas arrepentirme.

Una larga pausa arropa a Lockward, se toma su

tiempo para reflexionar aquellas palabras. El joven agente se limita a contestar:

— Entendido.

El bote finalmente llega a una plaza, los agentes se abren camino entre las aglomeraciones de turistas, llegando hasta el teatro *La Fenice*. Spectrum saca los dos boletos para él y su acompañante para el evento de esta noche, una obra musical con canciones de Alessandro Safina en persona.

Entran a una hermosa recepción, decorada con lámparas que iluminaban los salones como diamantes amarillos; camareros con bandejas de champaña recibiendo a los invitados y un pianista en una esquina haciendo el ambiente. Lockward permanece con los ojos bien abiertos, tratando de mirar a su alrededor disimuladamente para ubicar al objetivo.

— ¿Alguna idea de cómo encontrarla entre tanta gente? — pregunta el joven agente de la C.I.A.

— Relájate, chico, pude reconocer al objetivo tan pronto llegamos. Teresa Sadler está allá, admirando al caballero que toca el piano.

Una joven glamurosa de piel blanca y cabello negro, ojos almendrados y labios gruesos, pintados con labial rojo, portando un reluciente vestido dorado combinado con sus elegantes zapatos. No hacían falta anteojos para notar que era la mujer más encantadora de todo el salón. La dama contempla al pianista como si no hubiese visto a uno en milenios.

El agente Lockward mantiene su distancia, mientras el Agente V camina hacia la dama. A medida que se acerca, el pianista empieza a tocar una hermosa versión de *Everybody Wants To Rule The World* de *Tears for Fear*.

— Definitivamente, el piano es un instrumento con el que puedes tomar cualquier canción y convertirla en un himno solemne — comenta Spectrum, quien se para al lado de Teresa.

— Palabras más ciertas no se han dicho esta noche — responde Teresa, quien sigue con su mirada fija en el pianista — Cada sonido que emite es nostalgia pura.

— Bueno, cuando de *Tears for Fear* se trata, es imposible no sentir nostalgia.

— ¿Aunque sea por una época que no hayas vivido en carne propia?

— La música y el cine son la evidencia de que no necesitas una máquina para viajar en el tiempo.

— ¿Nos conocemos? — pregunta Teresa, quien finalmente fija su mirada en Spectrum.

— Edward White, servicios de escolta europea, para servirle. — se presenta Spectrum.

— Teresa Sadler, un placer — se presenta mientras extiende su mano — ¿Escolta dijo? ¿Estará esperando a que alguien lo contrate?

— De hecho, señorita Sadler, su padre ya lo hizo. Entiende que, tras los últimos eventos ocurridos, debería invertir un poco más en su seguridad.

— Es usted muy amable, señor White, pero no sería humano de mi parte aceptar que otro hombre arriesgue su vida por mí, después del fatal destino que sufrió mi escolta anterior. Lamento que haya tenido que venir hasta aquí, pero tendré que declinar sus servicios.

— Su posición es entendible, señorita Sadler, pero recuerde que el temor hacia una posibilidad futura, solo se alimenta de los errores pasados. Le aseguro que mi especialidad le será de gran utilidad en el porvenir.

— Muy sabias sus palabras, pero me temo que igual no puedo aceptar su propuesta. De todas formas, espero que disfrute del espectáculo tanto como nosotras.

— ¿*Nosotras*, dice?

Teresa llama a una joven dama que andaba buscando una champaña. Una tímida chica de piel canela, cabello crespo rojizo, anteojos grandes y un modesto vestido azul.

— Señor White, le presento a Suzan Sorrento. Es como una hermana para mí.

— Un... un... un placer — se presenta la joven Suzan, tartamudeando.

— El placer es todo mío. Aprovecho esta oportunidad para presentarles a mi compañero — llama a Noel para que se acerque. — Este es el señor Lockward, es un joven bien capacitado y podrán contar con él en cualquier momento.

— Será un placer prestarles nuestros servicios, ni siquiera notarán mi presencia en su velada — comenta Noel.

— La señorita Sadler parece no estar dispuesta a aceptar nuestros servicios, una decisión perfectamente entendible. De todas formas, le dejo mi referencia por si la necesita, estaremos cerca — dice Spectrum, mientras le pasa su tarjeta a Teresa.

La joven Sadler le pasa la tarjeta a su asistente Suzan, quien inmediatamente abre su teléfono y valida los datos con un software privado. La joven Suzan verifica que los datos del señor Edward White son auténticos, viendo tanto sus credenciales como oficial de seguridad, como la empresa para la cual trabaja. Suzan intercambia miradas con Teresa, haciéndole saber que aparentemente el señor White es de fiar.

— Disculpe, señor White, hoy más que nunca no podemos darnos el lujo de ser descuidadas. Espero que no me tome por una paranóica. — dice Teresa.

— Disculparse no hace falta, no esperaba menos de usted — responde Spectrum.

Finalmente, las puertas de la gran sala del teatro se

abren y los espectadores van pasando a sus asientos.

— Que disfrute la función, señorita Sadler, estaré cerca — dice Spectrum.

Y así, Teresa y Suzan van caminando para entrar al gran salón. Mientras tanto, Spectrum puede escuchar a Noel en el comunicador de su oreja, quien le tiene una advertencia.

— Spectrum, detrás de ustedes hay dos sujetos que llevan más de un minuto viéndolos. Uno entrará a los asientos bajos con las chicas y el otro parece que subirá hacia los balcones.

— Si te refieres a los caballeros de traje negro y cabeza rasurada, los vi cuando me acerqué al piano. Y no son dos, son tres. Al tercero lo perdí de vista hace veinte segundos.

— ¿Qué quieres que haga?

— Sube a los balcones del lado izquierdo del teatro, yo subiré por el lado derecho.

Así como lo ordena Spectrum, Noel sube las escaleras para llegar a los balcones. Avanza hasta detenerse en un pasillo con mucha menos iluminación que el resto. Se trata del camino que debe atravesar para llegar a los balcones más altos, para tener una visión completa de la sala de teatro. Mientras más se adentra al pasillo, más arropado se ve por la oscuridad. Su ritmo decrece con cada paso y su respiración se acelera. Noel nunca se consideró a sí mismo como alguien que le tema a la oscuridad, pero tras haber atestiguado los eventos de Transilvania, ya no confía en lo que puede haber en cualquier esquina. Spectrum, por su parte, puede escuchar por el comunicador cómo la respiración de su compañero se acelera.

— ¿Nervioso? — pregunta Spectrum.

— No me había sentido así desde que aprendí a nadar

cuando niño — responde Lockward.

— Bien, significa que aún estás cuerdo. El miedo es importante, la sensación de peligro agudiza nuestros sentidos y nos mantiene alertas, pero si te dejas sucumbir por él, terminarás entregándote en bandeja de plata a aquello que temes. El temor a estos seres es lo que les da poder.

— ¿Este discurso es tu idea para calmarme?

— Si lo que deseas es relajarte, te recomiendo bajar al teatro para que disfrutes del espectáculo. Aquí te necesito despierto.

Noel finalmente atraviesa el pasillo completo y llega a uno de los balcones más altos del salón, afortunadamente, está desocupado. Tiene una vista bastante completa de todo el teatro; del público acomodado en sus asientos; del telón en la tarima abriéndose para comenzar el espectáculo y del Agente V, quien se ha posicionado en uno de los balcones al otro extremo derecho del salón. La función comienza con la canción "Luna", interpretada por Alessandro Safina.

— ¿Ojos en los sospechosos? — pregunta Spectrum.

— En dos de ellos, sí — responde Lockward. — Están sentados a cuatro filas de Teresa Sadler y su asistente, están demasiado cerca.

— Enterado, sigo buscando al tercero.

— ¿Cuáles son las probabilidades de que estos sujetos sean demonios?

— Es un cincuenta y cincuenta, no todas las amenazas son seres del inframundo, a veces son súbditos que les sirven. Sea por estar bajo amenaza o por formar parte de algún culto satánico.

— ¿No tienen ustedes algún aparato para ver si una persona es un demonio o algo así?

— No, desarrollar esa tecnología es más complicado de lo

que te imaginas. Por otro lado, existen patrones para poder identificarlos, como la voz, la incapacidad para pestañear o algún tic nervioso que se reproduce cada 10 segundos, pero el método más rápido es usar tu vista periférica.

— ¿A qué te refieres?

— ¿Nunca has tenido la sensación de percibir algo a tu alrededor con tu vista periférica y al enfocar tu mirada directamente no ves nada?

— Muchas veces.

— A menos que uno de estos seres sea lo suficientemente poderoso como para manifestar su apariencia física desde otra dimensión, el ojo humano no está capacitado para ver el aura oscura que emana un demonio, pero sí puedes percibir su presencia con tu vista periférica.

— Gracias, ahora no podré estar tranquilo ni en mi propio apartamento.

— Espera, detecto algo — advierte Spectrum.

El Agente V mira entre el público que está disfrutando del espectáculo. Mientras todos contemplan el escenario de la tarima, hay uno de ellos que tiene su vista fijada en algo más. Un señor de aproximadamente cuarenta años, con la vista alzada hacia los balcones. Spectrum no tardó mucho para darse cuenta que este señor tenía su mirada fija en él. Mientras el resto del público se deleitaba con la música y la coreografía, este misterioso individuo no quitaba sus ojos del Agente V, fija, directa, sin mover un músculo y sin pestañear.

De repente, esta persona pestañea y baja su mirada de vuelta al escenario. En ese mismo instante, la mujer que está detrás de él es la que ahora fija su mirada en Spectrum, con la misma firmeza y gelidez. La señora baja su mirada y ahora quien observa a Spectrum es un joven sentado al lado. Este vuelve en sí y ahora quien mira al agente es otro señor de la fila detrás.

Desde el balcón, al otro extremo del salón, Noel puede ver cómo Spectrum se quita sus gafas negras. La primera y última vez que lo vio hacer esto, fue en Transilvania. Algo muy extraño debe estar ocurriendo como para que se quite las gafas otra vez. El agente Lockward se fija en Spectrum, pero está muy lejos como para poder ver sus ojos, ver qué tiene o tratar de entender el porqué de sus gafas negras.

— No puede ser... — susurra Spectrum, como si estuviera hablando para sí mismo.

— Spectrum, ¿qué ocurre? — pregunta Noel.

Lockward observa a Spectrum moviendo su cabeza de un lado del salón a otro, como si estuviera peinando todo con su mirada o persiguiendo a una mosca.

— Maldición, tenemos a un *Transitor* — dice Spectrum.

— ¿Un *transitor* dices?

— Es un demonio capaz de trasladar su conciencia hacia otro cuerpo, puede poseerlos por un tiempo y hacer cualquier cosa con ellos — explica Spectrum, quien vuelve a ponerse sus gafas negras. — Pero esto es muy inusual, el único capaz de esto es uno de los... Mierda.

— Spectrum, he perdido de vista otro de los objetivos. ¡Solo veo a uno!

— El transitor sigue en movimiento, se está acercando a... — Spectrum hace una pausa.

El Agente V vuelve a buscar entre el público, hasta fijarse en Teresa Sadler. Por su parte, la señorita Sadler está disfrutando del espectáculo, sonriendo y desconectada de la realidad, al lado de su asistente, cuando de repente, su sonrisa se disipa lentamente. Su cuello se endereza y lentamente va virando su rostro y subiendo su mirada hacia los balcones. Ahora Teresa es quien tiene su mirada fija en Spectrum, el demonio transitor ha llegado a ella.

La mirada de la joven Sadler se siente macabra, en el momento en que esta le va dando a Spectrum una pequeña sonrisa. No era una sonrisa de alegría, más bien de satisfacción burlesca. Sin darle ninguna explicación a su asistente, Teresa se pone de pie, va saliendo de entre los asientos y empieza a caminar hacia la salida del teatro.

— ¡Esto es otro intento de secuestro! ¡Ella no debe salir de aquí! — ordena el Agente V.

En ese instante, Spectrum siente el filo de una navaja rozando su cuello. Uno de los secuestradores se encuentra detrás de él. Noel se percata de esto y saca su arma para tratar de apuntarle.

— Agente Lockward, la señorita Sadler es prioridad, ve por ella.

— Pero, ¿qué hay de ti?

— Yo me encargo, vete.

El agente Lockward se retira para alcanzar a la señorita Sadler, mientras que el Agente V continúa con la navaja al cuello. De la manera más rápida posible, Spectrum levanta su hombro derecho, al mismo tiempo que agarra el brazo de su atacante por donde sostiene el cuchillo y se lo pega al pecho. Su enemigo intenta zafarse, pero Spectrum lo tiene donde quiere. El agente gira y usa el brazo de su rival para apuñalarlo. El hombre ni siquiera siente dolor. Lentamente se saca a sí mismo el cuchillo, se lo lleva al otro brazo y ataca de nuevo.

Ambos forcejean, hasta que una mirilla verde se interpone entre ellos. Aparentemente, alguien les está apuntando a ambos desde el otro extremo del salón. El agente y su rival se apartan. Se tiran al pasillo y se alejan del balcón.

— ¿Noel? — pregunta Spectrum.

— ¡Voy detrás de la señorita Sadler! — le dice Lockward a través de su comunicador.

— Parece que no estamos solos.

Spectrum se pone de pie, al igual que su enemigo. Este arremete contra él con su cuchillo. Spectrum lo despista con una de las cortinas. Golpea su mano con el codo y le tumba la navaja. Su contrincante lo ataca cuerpo a cuerpo, izquierda y derecha. Spectrum bloquea sus golpes con sus codos, sujeta uno de sus brazos y le tira al cuello, dejándolo en el suelo. El agente saca su P99, le coloca su silenciador y apuntándole a la cabeza, interroga al atacante:

— ¿Eres un satanista? ¿Quién te envía? ¿Azazel?

El atacante no pronuncia una palabra, solo mira fijamente al agente a los ojos.

— ¿De dónde sacaron a ese demonio transitor? ¿Para quién trabajan?

Guarda el mismo silencio y mantiene la misma mirada, pero esta vez, le da una ligera sonrisa, igual de macabra que la sonrisa de la señorita Sadler cuando el transitor la poseyó.

— Como quieras, no te necesito vivo para sacarte información.

Al mismo tiempo que Spectrum dispara, el atacante sostiene su arma por el cañón. La bala atraviesa la palma de su mano, pero su cabeza logra esquivarla. Spectrum no anticipó que su enemigo tendría tal velocidad. Este le tumba su arma, por lo que Spectrum no tiene más opción que sostenerlo por la nuca. De un solo giro, le rompe el cuello.

El agente se aleja del cuerpo para recoger su arma, sin embargo, estando de espaldas, siente movimiento detrás suyo. Al darse la vuelta, puede ver al atacante recomponiendo su cuello. Lentamente se levanta, como un cuerpo que llevaba milenios dormido. Mientras se sacude el saco, Spectrum puede ver cómo el brillo de su enemigo va cambiando. Su traje y todo su cuerpo va alternando su color en escala de grises iluminados. Era como ver la fotografía de una persona en tonos negativos, cobrar vida. La poca cabellera que le queda se cae y su boca se va sellando, hasta desaparecer completamente. Sus ojos se transforman en oscuridad total, como ver a través de un agujero negro que todo lo succiona. En ese momento, Spectrum supo que esto no era un demonio común, era algo mucho peor.

El Agente V guarda su P99 a su costado y de su espalda, saca su Revólver Jacobo 45. Alterna las municiones a balas celestiales para atacar, pero su enemigo se desplaza hacia él a una velocidad extraordinaria. Con la palma abierta, golpea a Spectrum en el pecho, quien es arrojado a diez metros de distancia. Tosiendo y arrastrándose, Spectrum presiona el botón de uno de los gemelos de su camisa. Su localizador se activa y su auricular se comunica automáticamente con la Capitana Chambers.

—Jessica… — trata de recuperar aire. — Necesitaré tu asistencia.

—Enterado — responde Chambers. — Acércate a la ventana que tienes cerca y mantenlo entretenido.

Spectrum se acerca al ventanal que tiene cerca, mientras su enemigo camina hacia él con calma. Es como si estuviese disfrutando el momento. Una vez que el objetivo se asoma a la ventana, una mirilla láser roja entra por la misma.

—¡Ahora!

Un disparo directo atraviesa la ventana y acierta a la cabeza del demonio, aturdiéndolo. En su interior, se escucha un conteo de tres segundos. Al finalizar el conteo, su cabeza explota en pedazos. El traje de Spectrum se ve cubierto de sangre, lo cual le incomoda bastante. *Al señor Craig no le gustará esto*, se dijo Spectrum a sí mismo. El Agente V se asoma por la ventana y desde uno de los tejados al cruzar la calle, alcanza a ver a la piloto Chambers, con su rifle francotirador.

— Esta es la parte en la que dices: "Gracias, Jessica. Te debo la colección de Harry Potter en Blu-ray que te prometí hace años." — dice Chambers.

— Querida, eres una en un millón.

En ese momento, el Agente V detecta algo extraño. El cuerpo del demonio caído reacciona. Spectrum se sorprende al ver cómo lentamente la cabeza destrozada del demonio se va regenerando. Se da cuenta que seguir luchando no tiene caso, con lo cual Jessica concuerda.

— Dany, lárgate de ahí.

Spectrum termina de romper la ventana del pasillo, saliendo hacia los tejados de Venecia bajo el resplandor de la luna.

— ¿Dónde está Noel? No lo escucho — pregunta Spectrum.

— También perdí comunicación, pero la última vez que hablamos se estaba dirigiendo a la plaza San Marcos.

— La amenaza es más grave de lo que anticipamos. Si esto es a lo que nos estamos enfrentando, debo llegar a él cuanto antes.

6. UN PASEO POR VENECIA

Con extrema urgencia, el agente Lockward corre por las calles de Venecia detrás de la señorita Sadler. Entre el tumulto de personas, puede reconocer a una dama con vestido dorado, caminando recto. Avanza entre las personas como una lancha en un lago, mientras que Noel trata de seguirle el paso, como un pez escurridizo nadando entre las rocas. Puede escuchar que alguien llama el nombre de Teresa detrás suyo. Da un pequeño vistazo hacia su hombro y alcanza a ver a la asistente de Sadler, la señorita Suzan.

— ¡Señorita, espere en el teatro! — le indica Noel.

La señorita Suzan parece no escuchar y sigue el paso de Noel. A este punto, Noel se da cuenta que nunca podría alcanzar a Teresa entre tantas personas, por lo que decide improvisar. Gira levemente hacia su izquierda y corre hacia una de las casas. Sosteniéndose de las ventanas, el joven agente de la C.I.A. empieza a escalar. Con una sorprendente agilidad, logra subirse a los techos y continúa su persecución desde arriba. Desplazándose y saltando como una araña, va de un edificio a otro por los tejados de Venecia. Gracias al llamativo vestido de su objetivo, todavía la tiene en la mira.

Por la ruta que está tomando Teresa, se da cuenta que se dirige hacia la plaza San Marcos. Trata de comunicarse con Spectrum para informarle, pero no logra dar con él.

—¡Atención, Jessica! No logro comunicarme con el Agente V, dile que el objetivo se dirige a la plaza San Marcos, le estoy siguiendo el paso.

—¡Enterado, ten cuidado! — responde la capitana Chambers.

Noel se detiene un segundo, al ver que el agua se interpone entre el próximo edificio y él. Se ve obligado a cortar hacia otro lado, pero al menos ya sabe hacia dónde se dirige el objetivo. Aprovecha para descender y saltar sobre unos botes que estaban cruzando cerca, logrando cruzar hacia el otro lado.

El agente Lockward finalmente llega a la plaza San Marcos, la cual está mucho menos poblada que el resto de Venecia. Amplia, casi desértica, pero hermosamente iluminada. No alcanza a ver a Teresa por ninguna esquina; empieza a preocuparse. Escucha unos pasos de otra persona corriendo, al darse vuelta, ve que una vez más se trata de Suzan, quien lo siguió hasta la plaza. Suzan empieza a buscar a su alrededor con la mirada, hasta que se fija en el campanario de la basílica. Se siente horrorizada al darse cuenta de lo que está viendo.

—¡Oh, Dios mío! ¡Teresa! — Suzan grita espantada.

Noel mira hacia la cima del campanario y alcanza a ver a Teresa, parada en una orilla, como si fuera a dar un salto. El agente Lockward no lo piensa dos veces para correr hacia la torre. Con extraordinaria habilidad, aprovecha las imperfecciones del edificio como salientes para escalarlo. Con sus resistentes manos y sus agudos sentidos, Noel pone en práctica sus dotes de *parkour*.[2]

No puede evitar sentir agotamiento, pero su voluntad para llegar a su objetivo es más grande que el cansancio que grita su cuerpo. Con gran esfuerzo, logra llegar hasta la cima. De frente está la señorita Sadler, dándole la espalda y contemplando la luna. En ese instante, una figura espectral emerge del cuerpo de Teresa. Esta cae al suelo inconsciente, mientras el espectro va asumiendo una forma humanoide. Un ser vestido de traje, iluminado junto con el resto de su cuerpo como una viva fotografía en negativo, cabeza rasurada, boca sellada y ojos oscuros como la noche.

De manera inexplicable, del lado de este ser, emerge otro con aspecto idéntico, como si hubiese estado ahí parado todo este tiempo. Sudando frío y tragando en seco, Noel saca su arma con intenciones de defenderse, pero tan pronto apunta, escucha el sonido de un disparo. Se da cuenta que uno de ellos había sacado un arma y le había disparado. Es en ese momento que Noel se da cuenta de la herida de bala que tiene en su pecho, cerca del hombro derecho. Con el ardor del disparo, el joven agente cae arrodillado.

Él no sabía cómo explicarlo, pero a pesar de no tener bocas, puede distinguir cómo uno de ellos le ofrece una macabra sonrisa, como si se estuviera burlando de él. El que está sonriendo intercambia miradas con el otro, quien levanta su mano hacia Noel, como si fuera a ofrecerle algo. De la palma de su mano brota una sombra, la cual asume la forma de un murciélago.

Aquello no era un murciélago ordinario, pues a medida que vuela alrededor del campanario, este va

---

[2] *Parkour* es una disciplina física de origen francés, consistente en la superación de obstáculos urbanos.

incrementando su tamaño, pudiendo distinguirse sus espeluznantes ojos rojos que brillan como rubíes. El murciélago gigante carga contra el agente Noel, sosteniéndolo de sus hombros y alejándolo de la torre. La criatura baja al agente, soltándolo en medio de la plaza San Marcos, cerca de donde se encuentra la señorita Suzan. El agente se recompone y apunta al murciélago para comenzar a dispararle. Los tiros hacen que las pocas personas que quedaban en la plaza se retiraran con temor.

— ¡Suzan, quédese cerca de mí!

Noel cubre a la asistente de la señorita Sadler, mientras trata de acertar sus tiros contra el murciélago, sin ningún éxito. La herida le está afectando la visión. De repente, se percata que del cielo desciende un segundo murciélago, igual de grande y feroz. Noel y Suzan tratan de correr hacia las columnas en una de las esquinas de la plaza, pero su camino es obstruido por otra criatura, que parece haber aparecido del suelo. Se trata de un toro, pero mucho más grande que cualquier otro que haya visto antes, de cuernos afilados como espadas y ojos enrojecidos como un demonio.

El agente Lockward le dispara a la bestia, pero mientras esta caía, tres más surgían de las sombras, igual de grandes y sedientas de sangre. Noel busca un peine para recargar, pero siente que detrás suyo hay algo más. Al darse vuelta, se encuentra con un grupo de cabras, leones y toros. Cada animal es más grande que el anterior, sus pieles son grises, putrefactas y hediondas, y todos tienen en común la distintiva mirada rojiza. Noel y Suzan están completamente rodeados.

Entre todas las bestias, ve a los individuos espectrales que se le aparecieron en la cima del campanario, con la diferencia de que ahora son tres. Tres entidades demoníacas, portando los mismos trajes, iluminados con el mismo color y observando a Noel con los mismos ojos oscuros que proyectan muerte y miedo. Era como estar ante los tres emisarios del inframundo, portando maldición en su aura. Detrás de ellos, se encuentra de pie la señorita Sadler, quien ya está consciente pero incapaz de moverse.

El del centro da un paso al frente, mientras que los otros dos se quedan cabizbajos. Noel infiere que este es el líder del grupo. El demonio que está al frente alza una de sus manos, emitiendo un estruendoso chasquido con sus dedos. De repente, todas las luces de la plaza se apagan, y, de igual forma, las estrellas que decoraban la noche desaparecen y la luna se esconde. La oscuridad se ha vuelto absoluta.

Noel siente que sus hombros le pesan, el equilibrio de sus piernas se debilita. Su arma se le resbala de la mano y cae al suelo. El joven Lockward mira hacia abajo donde se supone que cayó el arma. En lugar de ver su pistola, lo que ve a su lado es un juguete. Un conejo de felpa. Mira a su alrededor y la plaza San Marcos ya no está. En cambio, los muros se han vuelto más estrechos y su cabeza está cubierta por abrigos y camisetas. Noel reconoció inmediatamente que estaba en el armario de su vieja habitación. Reconoce la voz de una mujer que no había escuchado desde hace años. *"No se lo llevarán"*, decía aquella voz.

— Detente… — dice el joven Noel.

Cierra los ojos y se cubre las orejas con sus manos. Encorvado y entristecido, repite entre sus lágrimas: *"Detente"*. Hasta que se cansa y grita con todas sus fuerzas:

— ¡Que te detengas, maldita sea!

Noel siente que un objeto muy pesado ha caído al lado suyo. Al abrir sus ojos, alcanza a ver una esfera metálica. Un objeto que el joven agente reconoce y que le da tranquilidad. En ese instante, la esfera se abre y emite un destello resplandeciente que ilumina todo el cuarto. La ilusión cae y Noel está de vuelta en la plaza de Venecia, viéndose a él y a Suzan rodeados por las bestias y las tres entidades.

Todas las criaturas se ven afectadas por el destello de la luz del Edén. De repente, un segundo destello brota desde el fondo. A contraluz, las criaturas observan la silueta de un hombre, caminando con calma y armado con una escopeta.

— En el nombre del Pacto del Triángulo y por órdenes de la I.P.I.A., tienen derecho a volver al infierno. — proclama el Agente V, Dany Spectrum.

Noel contempla la llegada del agente y nota que una inquietante calma se adueña de la plaza, como el silencio que se percibe previo a una tormenta. Era como ser testigo de un escenario del Viejo Oeste en carne propia. Los tres demonios miran a Spectrum como si su mera presencia fuera una insolencia. El demonio que había invocado a las bestias da la orden para que estas enfoquen su atención sobre el Agente V. Alza su mano, y las bestias avanzan para atacar.

Los murciélagos son los primeros en cargar contra el agente. En ese momento, Spectrum lanza una de sus granadas al aire. Al estallar, se dispara un centenar de afiladas estacas, neutralizando así las amenazas aéreas. Por otro lado, las cabras y leones avanzan con furia para atacar al agente. Spectrum arroja por el suelo una granada gravitacional, la cual emite una energía que hala con una fuerza agresiva a los animales que estaban cerca. Las criaturas colisionan entre sí, alrededor de la granada, oportunidad que aprovecha Spectrum para bañarlos con los cartuchos de su escopeta. El agente nota que los toros son más resistentes y se mantienen firmes. El demonio vuelve a dar la orden y los toros arrancan para embestir. Spectrum recarga su arma con precisión y rapidez. Cuando las bestias están a punto de rodearlo, Spectrum abre fuego en cada dirección y se desplaza entre sus enemigos como un huracán humano. Antes de que todos pudieran darse cuenta, Dany Spectrum ya había exterminado a todas las bestias invocadas.

El agente tira al suelo la escopeta vacía y saca su revólver. Con autoridad, camina lentamente hacia los tres espectros mientras les apunta. Se les para justo al frente, los contempla un instante y los reconoce.

— Un invocador de bestias, un transitor y un ilusionista... Debí imaginarlo, los *Centinelas de Thanandus*. — dice Spectrum.

El centinela ilusionista da otro paso al frente y chasquea sus dedos. De repente, Spectrum se ve a sí mismo en un pasillo oscuro. En el fondo se puede ver un salón, lleno de doctores que trabajan en unas cápsulas de agua conectadas por tubos. Spectrum conserva la calma y lentamente se quita sus gafas oscuras. El Agente V abre sus ojos.

— Yo te veo.

El agente puede ver a través de la mentira. Los muros del oscuro pasillo se desvanecen y todos están de vuelta en la plaza de Venecia. En ese momento, Noel finalmente puede ver de cerca los ojos de Spectrum, pero descubre que su mirada no es de este mundo. Donde debía estar el iris de sus ojos, lo que veía era la vía láctea. Donde debería haber una esclerótica, lo que ve es un vacío, decorado por lejanas estrellas. Ver a través de sus ojos era como ver a través del universo. Era como si pudiera visualizar toda la existencia al mismo tiempo.

Frustración e indignación sienten los centinelas al

ver los ojos de Spectrum. Dos de ellos sacan sus armas y apuntan hacia los agentes, sin embargo, el ilusionista levanta su brazo, indicándole a sus hermanos que se detuvieran. Los centinelas retroceden y se van desvaneciendo en las sombras. Las luces de la plaza regresan, las estrellas y la luna vuelven a decorar el cielo. Teresa Sadler recupera su movilidad, pero se siente débil, por lo que se queda en el suelo de rodillas. Spectrum mira a su alrededor y contempla el desastre dejado por todas las bestias muertas. Saca su teléfono celular y se comunica con la nave *The Phantom*.

— Señor Craig, necesitaremos de su asistencia para la situación sanitaria. Sea tan impecable como siempre, por favor. — dice Spectrum.

— Enterado, Agente V. Llegaré tan rápido como pueda. — responde el señor Craig.

Spectrum cuelga el teléfono y camina hacia Noel y Suzan.

— Agente Lockward, favor de verificar que la señorita Sadler esté bien.

Noel trata de ponerse de pie, pero se siente demasiado débil. Spectrum ve que su piel se está tornando pálida y que sus labios se están deshidratando. El joven Lockward termina de desmayarse.

— ¡Noel! — grita Spectrum, mientras corre hacia él y ve la herida cerca de su hombro.

Dany le quita su traje y le rompe la camisa para asistirle. Luego de analizarlo brevemente, se da cuenta que no se trata de una herida común, en su interior, viaja la bala de un centinela.

7. OJOS DE LA VERDAD

El grupo llega a una suite del Hotel Monaco & Grand Canal, donde están hospedadas Teresa y Suzan. Por fortuna, el hotel estaba relativamente cerca de la plaza San Marcos. La señorita Sadler ayuda a Spectrum a poner a Noel en la cama, cuya condición continúa empeorando. Suzan busca una toalla húmeda para colocársela en la frente al agente Lockward.

Alguien toca la puerta de la habitación. Todos se ponen alerta, en especial Spectrum, quien saca su arma y la oculta en su espalda. Se acerca a la puerta y observa a través de la mirilla. Confirma que se trata del Padre Harvey. Inmediatamente, Dany le abre la puerta.

— ¿Y este señor quién es? — pregunta Teresa.

— Descuiden, es nuestro sacerdote — responde Spectrum.

— Lo siento, vine tan rápido como pude — dice el sacerdote.

— ¿Un sacerdote? ¡Un doctor es lo que necesita este muchacho! — dice Teresa.

— Confíe, señorita Sadler, somos profesionales — dice

Spectrum.

A pesar de la confianza que muestra Spectrum en las capacidades de su padre, el mismo sacerdote no compartía su optimismo. Se acerca al joven Noel y mira su herida. La preocupación que hay en la mirada del sacerdote no es para menos, pues nunca había visto algo igual. La piel del agente se pone cada vez más pálida y su herida emite un pequeño humo negro que va cubriendo todo su brazo y parte de su pecho.

El sacerdote les pide a todos que sostengan a Noel. Saca unos instrumentos quirúrgicos que esteriliza con un frasco de agua bendita que lleva consigo. Se acerca al joven agente nuevamente y empieza su pequeña cirugía. Con gritos de agonía y mucha resistencia puesta, Spectrum y Teresa sostienen a Noel con todas sus fuerzas. El sacerdote finalmente logra extraer la bala, la cual continúa caliente y emitiendo un espectral humo negro. Coloca la bala en un frasco y le pide a la señorita Suzan que la aleje lo más que pueda de la cama.

—De acuerdo, lo más fácil ya pasó. Ahora viene lo complicado. — dice el sacerdote.

—¿A qué se refiere? ¿Qué sigue ahora? — pregunta Teresa.

—Extraerle la maldición. Voy a necesitar que pasen a la otra habitación y cierren la puerta.

A pesar de la incertidumbre, las damas se ven obligadas a confiar en el sacerdote, por lo que pasan a la segunda habitación de la suite junto con el agente Spectrum y trancan la puerta. Dany se quita el saco, se afloja la corbata y se remanga la camisa. Abre el pequeño refrigerador y por fortuna para él, ve que tienen refresco de uva. Se sirve un poco y se acomoda en el sofá cerca de la ventana. Las luces de la habitación están bajas, pero la iluminación de la luna que entra por la ventana, le basta para sentirse relajado.

Teresa y Suzan intercambian miradas, se sienten estupefactas al ver la tranquilidad que muestra Spectrum. La señorita Sadler se le para al lado y lo interroga.

— Acabamos de vivir una pesadilla, su amigo podría morir y usted está tranquilo como si fuese la hora del receso. ¿Qué le pasa? — el tono de Teresa es agresivo e indignado.

— Si muere, lo habrá hecho cumpliendo con su deber. Es parte del trabajo. — responde Spectrum.

— ¿Su deber? Esto parece estar un poco fuera de su profesión como guardaespaldas, ¿no le parece, señor White? — pregunta Teresa, con ironía.

— Bueno, con relación a eso — se da un breve trago del refresco. — Mi nombre es Dany Spectrum, trabajo para la I.P.I.A.

— ¿Y eso qué significa?

— Agencia Internacional de Inteligencia Paranormal. Cuando la amenaza no es de este mundo, nuestros contactos nos llaman a nosotros. Los seres que trataron de secuestrarla esta noche, representan un peligro que no se había visto desde hace décadas.

La señorita Sadler siente un pequeño escalofrío en sus brazos. Se cubre los hombros y toma asiento en el otro sofá que tiene cerca.

— ¿Qué eran esas cosas que nos atacaron? — pregunta Teresa.

Spectrum vira su mirada lentamente hacia la ventana, contemplando la luna. Trata de recordar lo que había estudiado en los confines más oscuros de la biblioteca personal del señor Van Helsing.

— Los *Centinelas de Thanandus*, también conocidos como los Centinelas del Infierno. Alguna vez fueron hombres, pero cayeron en las tinieblas del inframundo tras haber roto un pacto que en algún momento sellaron con algún sirviete de Lucifer. La mayoría de los agentes de la I.P.I.A. no saben mucho de ellos, pues no son una amenaza común. Solo son invocados desde el inframundo con un solo propósito.

— ¿Y ese propósito cuál es? — pregunta Teresa.

— Perseguir y capturar a la persona que haya sido sometida al *Ritual de Thanandus*, para ver que se complete la ceremonia y así poder traer a este mundo a uno de los siete demonios que traicionaron a Lucifer, antes del correr del tiempo. No pueden morir, no comen ni duermen, y no descansarán hasta cumplir su misión. Por alguna extraña razón, decidieron retirarse en esta ocasión, pero volverán.

Teresa empieza a tener fragmentos de recuerdos sobre lo ocurrido aquella noche en Transilvania. Empieza a conectar los puntos y la explicación de Spectrum empieza a hacerle sentido. El temor que siente es tal, que no puede evitar contener sus lágrimas ante lo expuesta que se siente.

— ¿Por qué a mí? ¿Qué me hace tan importante para ellos? — pregunta la dama con su voz quebrada.

— Tenía la sospecha de que el interés por usted estaba relacionado a la conexión política de su padre, pero hay cosas que no me cuadran. Siento que se me escapan detalles, pero los voy a averiguar.

— ¿Y no hay nada que ustedes puedan hacer para detenerlos? — pregunta Suzan, quien se le sienta al lado a Teresa y trata de calmarla.

— En mi experiencia, no existe tal cosa como demonios invencibles. Ahora mismo no les tengo la respuesta, pero tan pronto logre entender por qué la quieren, la tendré.

— Eso no es suficiente para nosotras, se supone que usted es el profesional — le reclama Teresa.

— Señorita Sadler, usted acaba de sobrevivir a dos intentos de secuestros de parte de seres del inframundo. Con el trauma que debe tener ahora, ni la asistencia de *John Wick* la va a tranquilizar.

— ¿Cómo se atreve? — le reclama Suzan.

— No le garantizo milagros, pero sí resultados. Llegaremos al fondo de esto, pero primero tengo que investigar. Mientras tanto, cuentan con mi protección, la cual, como ya habrá visto, no es para menos.

En ese instante, el sacerdote abre la puerta y pasa a la habitación. Con preocupación en su mirada, se acerca a Spectrum y le comenta:

— He hecho mis rezos y los procesos necesarios para extraerle la maldición, pero hay un elemento biológico que no logro descifrar. Su fiebre empeora, su respiración sigue acelerada y los medicamentos no ayudan.

Todos cruzan a la habitación donde se encuentra Noel, verificando que ciertamente su condición no ha mejorado. Spectrum se le acerca y baja sus gafas negras. Las damas se percatan de los extraños ojos que tiene Spectrum, nunca habían visto algo igual. El agente observa a su compañero de arriba a abajo. Vuelve a ponerse sus lentes.

— Definitivamente, lograste purgar la maldición dejada por la bala, pero sigue enfermo y aquí no tenemos la medicina para tratarlo. — dice Spectrum. — Tendremos que internarlo en un hospital y dejarlo atrás.

— ¿Dejarlo atrás? ¡Sabes que estoy totalmente en contra de esa práctica! Tiene que haber otra forma — dice el sacerdote.

— Lo sé, pero no te lo estoy consultando, es una decisión tomada. La misión es prioridad.

— Es muy fácil para ti decirlo, tú dejaste que se metiera en esto y ahora pretendes lavarte las manos.

— No tendré este tipo de discusiones contigo otra vez. Cumpliste tu parte, ahora regresa a *The Phantom*.

— Veo que no has cambiado, Dany. — dice el sacerdote, con gran decepción en sus ojos.

— Más de lo que te imaginas, padre. Más de lo que te imaginas.

Ante esta discusión, Teresa da unos pasos hacia atrás y observa a su asistente Suzan. Ella le devuelve la mirada y puede ver las intenciones de la señorita Sadler en sus ojos. Suzan asiente con la mirada y responde:

— De acuerdo, lo traeré.

Teresa se amarra el cabello y se acerca a la cama de Noel, pidiéndole a Spectrum y al sacerdote que se aparten. Mientras tanto, Suzan trae un botiquín desde la otra habitación de la suite, el cual tiene un sello de la empresa Eternal.

— ¿Qué hacen? — pregunta Spectrum.

— Pidió que confiáramos en usted, ahora usted confíe en nosotras. — dice Teresa.

La señorita Sadler sirve un vaso de agua y abre un sobre con un polvo blanco. Lo sirve en el agua y lo mezcla con urgencia. Mientras tanto, Suzan prepara una jeringa, la cual se la inyecta al joven Noel en el brazo. Teresa le sostiene el rostro, abriéndole la boca para servirle la bebida que acababa de preparar. Tan pronto termina de darle el trago, Spectrum y el sacerdote se sorprenden al ver que el ritmo en la respiración de Noel decrece. Aparentemente, se ha estabilizado.

— ¿Qué fue lo que le dieron? — pregunta el sacerdote.

— Lo importante es que ahora su compañero debe descansar. De hecho, todos deberíamos tratar de dormir un poco. Hablaremos en la mañana — dice Teresa.

Spectrum y su padre se miran entre sí y no presentan objeción a la señorita Sadler.

— De acuerdo, pero yo me quedaré aquí con el joven Lockward. Dormiré en la silla, por si acaso. — dice el sacerdote.

Spectrum y las damas salen de la habitación, el sacerdote apaga las luces y toma asiento cerca de la ventana. Trata de mantener sus ojos fijos en Noel, quien por fin está descansando. Los párpados le pesan al Padre Harvey, la tranquilidad de la noche lo domina y eventualmente termina concibiendo el sueño.

La noche se torna fría y tranquila. A lo lejos se puede escuchar el eco de la gente bailando, cantando y celebrando la velada. Con el paso de las horas, el eco se debilita y reina la paz. Entre la calma de las aguas de Venecia y el brillo de las estrellas arropando el cielo, todos logran descansar después de una turbulenta tarea.

En medio de la madrugada y con el sol pendiente de salir, Noel finalmente abre sus ojos. Nota la paz que colma en la habitación del hotel e identifica al sacerdote, durmiendo sentado en una esquina cerca de la ventana. El sacerdote siente el movimiento y la mirada del joven agente y despierta por igual.

— ¿Cómo te sientes, muchacho? — pregunta el sacerdote.

— Siento como si ya hubiera visto demasiadas rarezas en esta vida. — dice Noel.

— Ay, hijo mío, no te culpo. En esta profesión hay cosas que quisieras olvidar, pero que se quedarán contigo día y noche.

Noel recuesta su cabeza de nuevo, mirando al techo y tratando de recordar todo lo ocurrido la noche anterior.

— Cuando vi a ese demonio en ese bosque de Transilvania, fue algo de pesadilla, pero lo que vi esta noche en Spectrum, es algo que no sé en qué categoría ponerlo.

El sacerdote no hace ningún comentario ante lo dicho por Noel. Mira hacia la ventana mientras mantiene su silencio.

— Creo que usted sabe muy bien a lo que me refiero. Esas gafas negras que jamás se quita, ocultan algo que estoy convencido de que no es humano.

— Mi hijo es tan humano como tú y como yo, lo que viste esta noche en él, fueron los *Ojos de la Verdad*. — responde rápidamente el sacerdote, como si estuviese defendiendo a su hijo.

— ¿Ojos de la Verdad?

El sacerdote se pone de pie, cabizbajo y suspirando, camina hacia el otro lado de la habitación. Llegando a la mesa del cuarto, toma un vaso y una botella de Whiskey. Como si nada le importara, el padre se sirve y se da un buen trago. A Noel le resulta irónico que el mismo sacerdote no discrimine el alcohol, a diferencia de su propio hijo. Tras un largo silencio, el padre finalmente habla.

— Durante toda nuestra existencia, la humanidad ha vivido una dicotomía entre la ciencia y la fe, cuando en realidad, una nunca estuvo divorciada de la otra, tan solo hablaban en un lenguaje distinto — dice el sacerdote.

— ¿En qué sentido lo dice?

— Los ángeles y demonios no son seres que están arriba en las nubes o debajo de la tierra. Son entidades que están alrededor de nosotros, con la capacidad de atravesar el campo cuántico e interactuar con nuestro mundo desde otras dimensiones. Existencias que nuestras mentes no podrían comprender ni nuestros sentidos percibir, a menos que decidan manifestarse en una forma tridimensional.

El sacerdote se aleja de la mesa y regresa a la silla

cerca de la ventana. Esta vez, con botella en mano. Se da otro trago con desinterés y continúa.

— Desde que la agencia fue fundada, se las ha arreglado para identificar y neutralizar cualquier amenaza que invada nuestro mundo desde aquella dimensión que llamamos "infierno", pero la mayor parte del tiempo, solo luchamos contra un enemigo invisible. — pone el trago en el suelo y se asoma a la ventana. — En 1998, científicos que trabajaban para la I.P.I.A. iniciaron un proyecto que terminó ejecutándose a inicios del 2010. El nombre en clave era *Proyecto Visión*, del cual mi hijo Dany fue el quinto de los sujetos de prueba.

— ¿Cuál era el propósito de este proyecto?

— ¿Qué ocurre? ¿No tuviste acceso a esa información cuando tomaste mi computadora prestada? — pregunta el sacerdote con aire de ironía.

Un silencio incómodo se adueña de la habitación, mientras el joven Lockward no encuentra dónde meter su cabeza. Se siente como un niño que acaba de ser regañado ante todo un salón de clases. Por otro lado, el sacerdote emite un largo suspiro, reajusta su tono y continúa.

— Para que el enemigo dejase de ser invisible, hací falta algo más que artefactos sofisticados o un portal. El ojo humano debe ser capaz de ver más allá de su propia realidad y olvidar las nociones previas que tenemos sobre la barrera del espacio-tiempo.

— Espere, ¿acaso Spectrum ve el futuro o algo así?

— No, todo lo que ve es el presente, pero puede ver todos los presentes.

— ¿Qué significa eso?

— Significa que sus ojos pueden ver a través de mundos paralelos y dimensiones alternas en tiempo real. Nunca tuve la certeza de cuál es el alcance de su visión, pero a donde sea que mire, puede apreciar las infinitas posibilidades de cada escenario que repercuten en el Astroverso en ese instante. De esa forma es que puede ver el infierno y a los demonios desde esta dimensión, y solo Dios sabe qué más ha visto.

La garganta de Noel se seca y apenas puede pestañear. Su encuentro en Transilvania casi le causa un trauma, por lo que apenas se puede imaginar los horrores que Spectrum ve todo el tiempo a su alrededor. *"El bastardo debe tener unos nervios de acero si puede aguantar todo eso"*, pensó el joven agente.

— Dios mío — suspira Noel. — Si lo que usted me dice es cierto… pero… ¿cómo la mente de un ser humano podría resistir semejante habilidad? ¡Es una locura!

— Si, es una locura. En la agencia se corren rumores de que Dany ha visto realidades en las que nuestro mundo nunca existió, otros aseguran que ha podido ver el rostro del mismo Dios, pero él no habla mucho de estas cosas, ni siquiera conmigo. De mi parte, solo le he ayudado a controlarlo.

— Ahora entiendo por qué nunca se quita esas gafas, ni siquiera en la oscuridad.

— Así es — dice el padre. — Los anteojos negros que le diseñé son especiales, lo ayudan a manejar su vista, para no confundir otras realidades con la nuestra, lo cual pudiera llevar a cualquier hombre a la locura.

— Entonces, ¿significa que Proyecto Visión fue un éxito? ¿La I.P.I.A. cuenta con agentes que pueden ver a través de las dimensiones?

— No, el proyecto fue un rotundo fracaso. El experimento tuvo efectos secundarios devastadores para los siete agentes que lo intentaron: Derrames cerebrales, demencia, coma, impulsos de suicidio, desarrollo de personalidades múltiples y la muerte. Dany fue el único sujeto que sobrevivió al experimento sin efectos secundarios, por razones que aún desconocemos.

— Pero su hijo pudo haber muerto, ¿cómo permitió esto?

— Se lo prohibí, durante años me opuse a esta iniciativa e incluso le pedí al Señor Van Helsing que no lo incluyeran, pero él se ofreció como voluntario, y si algo tiene mi hijo, es que es tan obstinado como lo era su… — el sacerdote se detiene.

Noel pudo escuchar cómo su voz estaba a punto de quebrarse. Por alguna razón, el padre simplemente cortó el tema. Ve cómo este se pone nuevamente de pie, esta vez mirando hacia la ventana.

— Mi hijo no solo puede ver más allá de este mundo, también puede ver el alma de las personas, de qué están hechas y la oscuridad que se esconde en ellas. No sé qué fue lo que mi hijo vio en usted, agente Lockward, pero si está aquí con nosotros, alguna razón debe tener para confiar en usted.

El joven Noel se ha quedado sin palabras, no puede hacer más que bajar su mirada y digerir todo lo que acaba de escuchar. Al subir su mirada, se sorprende al ver cómo el sacerdote está sosteniendo un arma, apuntándole a él.

— Pero eso no significa que él tenga el mejor juicio — dice el padre. — Le acabo de revelar información altamente clasificada, si usted está tramando algo en contra de la agencia o de mi familia, le juro por Dios que yo seré el primero en encargarme de usted.

El agente Lockward traga en seco, recupera su aliento y con la frente en alto responde:

— Le tomo la palabra, padre… Le tomo la palabra.

8. PRÓXIMO DESTINO

A Noel le fue imposible conciliar el sueño el resto de la noche, sobre todo después de su conversación con el sacerdote, quien ya se había retirado de vuelta a *The Phantom*. La puerta se abre y ve entrar al Agente Spectrum, vistiendo un impecable traje caqui de tres piezas, con camisa blanca y corbata azul marino, combinado con su pañuelo. Spectrum no se siente asombrado de ver que Noel ya se sienta mejor, pero sí le da curiosidad, pues según lo que había estudiado, sobrevivir a la bala de un Centinela de Thanandus tendría repercusiones mucho más severas.

Al dormitorio también entran Teresa y Suzan, ambas vestidas con un estilo corporativo europeo, chaquetas azules, blusas blancas y faldas amarillas. Parecían estar uniformadas para un evento especial. Las damas se ven aliviadas al verificar la mejoría de Noel, pero a Teresa, más que nadie, le brillan los ojos de orgullo, pues el remedio que le había suministrado mostró sus resultados.

—Veo que el Señor Oscuro no ha reclamado tu alma,

interesante. — comenta Spectrum.

— Si esa es tu forma de decir "me alegro que estés mejor", pues me tendré que conformar con eso. — dice Noel.

— Al menos ya sabes que esta pasantía no será un paseo en el parque. Dúchate y vístete, tomaremos un tren rumbo a Florencia, nuestras damas tienen varias presentaciones de negocios que dar.

— Pero no traje cambio de ropa.

— Por fortuna, el señor Craig se anticipa a todo. Dejó tu nuevo traje en la habitación de al lado. Tienes veinte minutos.

El agente Lockward se pone de pie y se ve asombrado, pues físicamente se siente fenomenal, y más impresionante todavía, la herida de bala en su hombro ya había cicatrizado. A pesar de haber dormido mal, siente la energía de un motor recién lubricado. Sin perder el tiempo, como si estuviese tarde para la escuela, se ducha a una velocidad sorprendente y se viste con la agilidad de un malabarista. Mucho antes de que Spectrum pudiera ver su reloj, Noel ya estaba listo.

Saliendo de la habitación y bajando a la recepción del hotel, Spectrum, Teresa y Suzan ven a un Agente Lockward completamente renovado, como un empresario que acaba de volver de un retiro espiritual. Luce un traje verde olivo de dos piezas, camisa blanca y corbata negra estampada con lunares blancos. Cada paso que da proyecta paz, seguridad y determinación. Teresa y Suzan lo reciben con los brazos abiertos y saludos de mejillas, mientras que Spectrum mantiene su distancia, observándolo de arriba abajo, como si inspeccionara a un desconocido.

— Señor Lockward, luce usted espectacular. — comenta Teresa.

— Espectacular me siento, señorita Sadler. — responde Noel, como si ya esperaba aquel cumplido.

— No esperaba menos de usted, un placer tenerlo con nosotras — dice Suzan.

Todos notan como Spectrum se mantiene reservado. Teresa trata de involucrarlo y le pregunta directamente:

— ¿No se alegra por su pupilo, señor Spectrum?

Luego de tres segundos que se sintieron eternos, Spectrum finalmente responde:

— Parece que lo picó una araña radioactiva y ahora puede comerse el mundo. Bueno tenerte de vuelta — dice Spectrum, con una breve sonrisa que corta de inmediato.

Una vez listos, el grupo se retira del hotel y se dirige a la estación para abordar el *Frecciarossa 1000*, uno de los trenes de alta velocidad más cómodos y seguros, con destino a Florencia. A pesar de que la señorita Sadler está siendo perseguida por tres de los demonios más peligrosos del antiguo inframundo, el plan del Agente V es continuar con la ruta que Teresa ya tenía planeada; esto con el fin de esperar que sus enemigos vuelvan a manifestarse de alguna forma, estudiarlos y así entender cómo neutralizarlos. Mientras tanto, las damas cuentan con la protección del Agente V, del Agente Lockward y de la nave *Phantom*, monitoreando sus movimientos desde el aire.

Una vez llegan a la estación, entregan sus boletos y abordan el tren en primera clase-ejecutivo. Encontraron pequeños disturbios al entrar, pues varios de los pasajeros no portaban su tarjeta de vacunación, por lo que no pudieron abordar. Atraviesan un pequeño grupo de clientes disgustados que pronto harán sus reclamos, alegando discriminación. Dejando atrás aquel incoveniente, Spectrum inspecciona el pasillo que los llevaría a sus asientos, verificando que no hubiese nada sospechoso. En cambio, Noel entra y atraviesa el pasillo sin ningún cuidado, como si tuviese la certeza de que todo estará bien, una impertinencia que a Spectrum le incomodó un poco.

El grupo es recibido con atención de primera, espacio, buena temperatura y un menú especial. Spectrum y Teresa se acomodan en sus asientos, uno al frente del otro, mientras que Noel y Suzan se sientan en la esquina diagonal. Teresa aprovecha este momento para colocar un maletín blanco debajo de la mesa, el cual parece tener gran importancia para ella. El tren se pone en marcha, mientras sus pasajeros se relajan y disfrutan de la vista.

—Todo parece estar en orden, hasta ahora — dice Spectrum.

—Así es, agradezco su protección, señor Spectrum — dice Teresa. — Sé que es su deber, pero igual lo aprecio.

—Dado que ya me he ganado su confianza, creo que ya puede ser transparente conmigo y decirme qué fue lo que le pusieron al Agente Lockward anoche, de lo cual asumo que lleva una muestra en ese maletín que tanto cuida.

—Admiro su paciencia, creí que nunca lo preguntaría. Lo he visto alerta en todo el trayecto con el joven Noel.

—No es para menos, desde que salimos del hotel, actúa como si le hubiesen inyectado la *Sustancia X* del Profesor Utonio. Los efectos secundarios de una bala de un Centinela no se curan con tanta facilidad. Eso que le dieron anoche, ¿qué fue?

—Lo que le dimos a su compañero fue una dosis concentrada de CI-23, un componente esencial en todos los productos de nuestra empresa Eternal. Brinda cisteína consolidada, lo cual ayuda a perfeccionar el sistema inmunológico para que el cuerpo humano funcione de forma óptima y pueda curarse de casi cualquier enfermedad.

— ¿Algún efecto secundario?

— Lo único registrado hasta ahora es la generación de endorfinas, que hacen que la persona se sienta más positiva, feliz y segura de sí misma.

— Ya veo, ¿sistema inmune, dijo? No me sorprende que su empresa creciera tanto en medio de la pandemia.

— De hecho, fue gracias a Eternal que las empresas farmacéuticas del mundo pudieron perfeccionar su vacuna para contrarrestar la pandemia. ¿De verdad creyó que lo lograrían sin la intervención de un tercero? — pregunta Teresa, de forma retórica.

— Si su intervención ayudó tanto, ¿por qué no asumieron el crédito públicamente?

— Fue algo consensuado, por un lado, los Platinum Principales de nuestra compañía no querían que los productos fuesen asociados a un evento que el mundo trata de olvidar, así también evitaríamos cualquier teoría de conspiraciones con la prensa. Por otro lado, a los rusos no les agradaba la idea de que su vacuna fuese perfeccionada por la ayuda de una empresa de origen británico — explica Teresa — Es curioso, ¿no le parece? Durante la Guerra Fría las potencias corrían por ver quién llegaba primero a la luna, ahora la carrera fue por quién salvaba el planeta primero.

— ¿Cómo ingresó a esta compañía?

— Como cualquier otro prospecto, asistí a una presentación a la que me invitó una amiga, me habló de los productos y de las posibilidades del negocio. Al principio no me interesaba, pues tenía el mismo concepto despectivo que tiene todo el mundo de las empresas multinivel, para mí, eran otra pirámide del montón, que solo usaban los productos como coartada para reclutar. Luego probé los productos y fui testigo de sus efectos, me inscribí en su equipo y el resto es historia.

— ¿Su crecimiento en esta compañía tuvo alguna incidencia en la carrera política de su padre?

— ¿Se supone que usted está aquí para protegerme o para interrogarme? — pregunta Teresa, con tono retador.

— ¿Qué puedo decir? Soy multifacético. Ahora responda, por favor — insiste Spectrum, con firmeza en su voz y seriedad en su mirada.

— La respuesta es no, señor Spectrum. Mi proyecto no tuvo nada que ver con su carrera, ni el suyo en el mío — responde Teresa, poniéndose a la defensiva. — Detestaba la idea de crecer como la mujer cuyo único mérito era ser la hija del Senador Sadler. A donde sea que iba, nadie me miraba a mí, solo miraba la sombra de mi padre. Siendo la mujer que llevó la franquicia a América, Eternal me dio la oportunidad de hacer mi propio nombre, de crecer por mis propios méritos y al mismo tiempo, de impactar en la salud de las familias de forma positiva. Así que, si usted o su agencia se lo preguntaban, la respuesta es no, mi apellido no tiene absolutamente nada que ver con mi éxito.

Spectrum percibe en ella un fuego que ningún hombre podría apagar. Escuchaba en su discurso la firmeza de una mujer prestigiosa, pero en el fondo podía sentir quebranto en su voz. Detrás de la coraza de una empresaria exitosa, podía ver el corazón de una niña con remordimiento. No emitió ningún comentario al respecto, optó por mostrar respeto con su silencio y una ligera sonrisa que denotaba cierta admiración hacia ella, mientras permitía que se calmara.

Mientras Teresa recupera su aliento, la azafata se acerca con dos vasos de jugo de naranja. Una vez servida, la azafata se aleja caminando en dirección hacia el otro vagón. Spectrum percibe algo extraño en ella. La azafata se detiene justo en la puerta, se da media vuelta, conectando su mirada con la de Spectrum. Culmina su contacto visual con una ligera sonrisa que se le dibuja en sus labios, mientras sus cejas no muestran ninguna expresión. En ese instante, Spectrum reconoció aquella sonrisa macabra, burlona y de ojos muertos. Rápidamente, el Agente V se quita sus anteojos y ve en la azafata la silueta de un centinela.

Y como si eso fuera poco, el centinela lleva en su mano el maletín blanco de la señorita Sadler.

—¡No beba eso! — le advierte Spectrum a Teresa, mientras detiene la mano con la que sostenía su vaso.

Spectrum se pone sus lentes de nuevo, salta de su asiento y corre hacia el siguiente vagón, detrás del centinela.

—¡Noel, quédate con las damas, tenemos al centinela transitor a bordo!

El Agente V cruza la puerta y ve que la azafata ya estaba cruzando al vagón siguiente. Trata de simular las apariencias, caminando sin prisa, pero sin pausa, para no irrumpir el desayuno de los demás pasajeros que estaban en las mesas de cada esquina.

—Spectrum a *The Phantom*, tenemos a un centinela entre nosotros, actualmente estoy en persecución. Manténganse atentos si hay algún otro...

Spectrum se para en seco, pues percibe que algo anda mal. De repente, dejó de escuchar el sonido de los cubiertos, de los platos sirviéndose, de las familias platicando y de las parejas riendo. Lentamente, se da vuelta y observa cómo todos los pasajeros del vagón tienen sus frías miradas clavadas en él. No eran ojos de curiosidad, eran miradas gélidas, llenas de desprecio hacia una presa que podrían atacar en cualquier momento.

Manteniendo sus miradas fijas en Spectrum, los

pasajeros se van poniendo de pie. Spectrum baja un poco sus gafas, pudiendo ver la silueta del centinela transitor en todos ellos, sin embargo, su figura no se veía tan clara en estos pasajeros, como lo había visto antes en otros individuos poseídos. La proyección del centinela en estas personas se veía como una vela a punto de apagarse en cualquier momento.

Justo cuando las personas del vagón estaban a punto de cargar contra el Agente V, estos se detienen. Las personas recapacitan y se ven a sí mismas de pie, sin entender lo que estaba ocurriendo o por qué no estaban en sus asientos. Noel entra, viendo a todos de pie y preguntándose sobre lo ocurrido. Se reúne con Spectrum y este le explica un interesante descubrimiento, mientras pasan hacia el siguiente vagón.

— Aparentemente nuestro invitado tiene la capacidad de fragmentarse, pudiendo poseer varios cuerpos al mismo tiempo, pero esto hace que la duración de la posesión sea menor — dice Spectrum.

— Entonces, eso lo hace aún más escurridizo. Aún con tus ojos, el centinela podría ser cualquiera en este tren — razona Noel.

— No podemos llevarnos de las apariencias ni de mi vista, debemos buscar a alguien que lleve un maletín blanco. Al parecer tiene un especial interés en él — dice Spectrum. — Te ordené que te quedaras con las damas, pero ya que insistes, sígueme. Mantén tu distancia, por si se me escapa algo.

En la medida que atraviesan el tren, tratan de prestar atención a cada pasajero y a sus patrones de comportamiento. Más adelante, alcanzan a ver a la azafata que originalmente se había llevado el maletín, pero esta tenía sus manos vacías. De todas formas, los agentes se le acercan y le preguntan:

— Disculpe, señorita, ¿ha estado usted en posesión de un maletín blanco o le ha parecido ver uno? — pregunta Spectrum.

— En este momento me habían reportado un maletín extraviado. Lo tenía conmigo, pero ahora mismo se lo acabo de entregar a su dueña — responde la azafata.

— ¿Su dueña? ¿Esta mujer se identificó? — pregunta Spectrum.

— Sí, la señorita Sadler — responde la dama.

Tras esta respuesta, Spectrum y Noel intercambian miradas. Sospechan que el centinela asumió la identidad de alguna mujer que se hizo pasar por la señorita Sadler. En ese momento, el Agente V observa por el cristal de la puerta que conduce hacia el siguiente vagón y nota a una mujer joven que fácilmente pudiera ser confundida por la verdadera Sadler. Resulta que esta mujer tiene el maletín blanco.

Spectrum se apresura hacia la puerta, pero ve que la misma está atascada. Trata de forcejear para abrirla, sin ningún resultado. Por otro lado, en ese mismo instante, Noel y Spectrum sienten que un silencio repentino se había adueñado de aquel vagón. Ambos agentes se dan vuelta y ven a todos los pasajeros de pie y con sus miradas fijas en ellos, pero sus rostros amenazantes eran lo de menos, pues notan que cada uno de ellos está armado con cubiertos y cuchillos que había tomado cada uno de sus mesas. El centinela acaba de adueñarse de estas personas y ha encerrado a los agentes con ellas.

— Spectrum, ¿alguna idea?

— No podemos hacerles daño, pero hay que defenderse.

Los pasajeros cargan contra los agentes con furia, mientras que estos se defienden con rapidez e inteligencia. Se quitan sus sacos y se cubren los brazos con ellos. Esquivan las estocadas de sus atacantes, mientras golpean los brazos que puedan para tumbarles sus armas blancas. Evaden, empujan y neutralizan a sus rivales. Spectrum proporciona golpes no letales a la cabeza y a la nuca, dejando inconsciente a quien sea necesario. Noel elude los ataques, saltando rápidamente de un asiento a otro.

La defensa resulta efectiva, pero muchos de ellos se levantan de nuevo, como títeres halados fuera de su voluntad. Noel toma una iniciativa diferente y rompe una de las ventanas de la esquina. Aprovecha este momento para salir del vagón y subir al tope del tren. Spectrum ve cómo su compañero logra escapar, mientras él se ve abrumado por la amenaza.

—¡Oh, descuida, yo me encargo! ¡No olvides traerme un *souvenir*! —le grita Spectrum con evidente sarcasmo en su voz, mientras continúa defendiéndose.

En ese momento, los pasajeros se amontonan y empujan a Spectrum al suelo. Este retrocede, mientras intenta ponerse de pie. Los atacantes toman sus objetos punzantes y se preparan para acabar con el agente. Spectrum llega hasta la puerta, la cual sigue bloqueada. *"De acuerdo, no me dejan otra opción"*, se dice a sí mismo el Agente V, quien se prepara para sacar su arma.

Es en ese instante, que los atacantes se detienen. De repente, los pasajeros recapacitan, se ven todos ellos de pie y se sienten completamente adoloridos. Spectrum presume que el efecto de la posesión temporal se les había pasado, por lo que aleja su mano del arma que estaba a punto de sacar. Mientras que los pasajeros tratan de entender lo que acaba de ocurrir y el desorden de su alrededor, la puerta que estaba bloqueada se abre. De ella sale Noel, con el maletín blanco en su mano.

—Buen trabajo, Lockward —le dice Spectrum, mientras trata de recuperar su aliento.

Spectrum y Noel atraviesan el tren nuevamente,

de vuelta al vagón donde se encuentran Teresa y Suzan. Las damas ven lo sudados y abatidos que están, preguntándose si todo estaba en orden.

— Recuperamos su maletín y nadie salió gravemente herido. Por cuestiones de seguridad, le haremos una pequeña revisión para validar que todo esté en orden. Les pediré que esperen aquí — les indica Spectrum. — Noel, acompáñame.

Spectrum y Noel se llevan el maletín a la última cabina del tren, donde guardan paquetes de entrega y parte del equipaje pesado. Spectrum toma una de las cajas y la coloca en el centro para usarla como mesa. Ambos se acomodan al frente del otro y guardan silencio. Spectrum nota que Noel está más callado y tranquilo de lo habitual.

— ¿Todo en orden? — pregunta Spectrum.

Noel no responde, este permanece pensativo y mirando a Spectrum directamente a sus ojos.

— Bien, abre el maletín pues. Veamos si el contenido está intacto — dice Spectrum.

A Noel le parece extraña la orden de su compañero, pues este no sabe cómo abrirlo y entiende que no tiene la autorización.

— Mientras todos dormían, te autoricé para que pudieras abrir este maletín con tu huella dactilar, en caso de alguna emergencia. Ahora, ábrelo — le ordena Spectrum, con un tono de voz más comandante.

En ese caso, Noel se muestra pensativo por un instante. Tras aquel mandato, intenta colocar su dedo pulgar sobre el borde del maletín para abrirlo, sin embargo, este no hace nada. Aparentemente sus huellas no funcionan, algo que hasta al mismo Spectrum le resulta curioso.

— Una pena, quería que revisaras el contenido para verificar cuál es tu interés en él — comenta Spectrum con aire de ironía.

La mirada de Noel cambió completamente, como si se mostrara ofendido por el comentario de Spectrum.

— De acuerdo — dice Spectrum. — Podrás engañar a todos en este tren, pero a mí no. Sé que te adueñaste de la consciencia de mi compañero y quisiste este momento a solas conmigo. Mi pregunta es: ¿Por qué?

El centinela transitor, adueñado del cuerpo del agente Lockward, sigue sin responder. Tan solo permanece sentado, mientras lentamente va mostrando su pedante sonrisa. En ese momento, el centinela saca un cuchillo, que aparentemente había tomado de una de las mesas camino de vuelta. Este patea la caja hacia un lado y carga contra Spectrum.

El agente se defiende, esquivando los intentos de estocadas. Logra sostener su brazo y le tumba el cuchillo. Su rival procede a atacarlo cuerpo a cuerpo. Spectrum no sabe si son las habilidades del mismo Noel o del centinela que lo tiene poseído, pero sus capacidades en artes marciales son sorprendentes para él. El centinela corre hacia un muro y Spectrum lo persigue. Su enemigo corre escalando la pared y salta, cayendo detrás del agente. Este último detiene sus patadas, le agarra una pierna, lo levanta y lo arroja al suelo.

De un solo salto, el centinela se pone de pie. Saca su arma apuntándole a Spectrum y este se detiene. En ese instante, el centinela sonríe y empieza a mover el arma hacia él. En lugar de apuntarle a Spectrum, procede a apuntarse a su propia cabeza, siendo esta la cabeza del joven Noel. Una movida sucia con la cual Spectrum no contaba.

Pero algo más con lo cual ninguno de los dos contaba, era que el tren se aproximaba a un túnel. De repente, la oscuridad del túnel arropa el tren, nublando la visión de ambos. Spectrum aprovecha este instante para remover sus zapatos, para que sus pasos fueran más silenciosos. Se quita sus gafas, para ver directamente al centinela en su verdadera forma, aun en medio de la oscuridad. Spectrum corre hacia su oponente y procede a golpearlo como un percusionista en éxtasis tocaría su tambor.

El tren sale del túnel y la claridad vuelve al vagón. El cuerpo de Noel yace noqueado en el suelo, como un boxeador en su año de retiro. Spectrum se acerca al centinela abatido, lamentándose que fuera Noel quien recibiera este tratamiento. Cuando Spectrum se agacha para examinarlo, el centinela abre sus ojos nuevamente. Este se sale del cuerpo de Noel y salta sobre Spectrum. Sosteniéndolo en el suelo, el centinela conecta directamente con la mirada de Spectrum, quien siente cómo lentamente va sucumbiendo a una posesión.

Spectrum cierra sus ojos, pero cuando este siente una calma inusual, vuelve a abrirlos lentamente. Nota que no hay nada delante suyo, ni detrás ni a los laterales. Se pone de pie, pero no alcanza a ver un suelo. Todo lo que puede ver es un oscuro vacío, donde no se escucha nada ni se puede sentir nada. De repente, siente una presencia a lo lejos. Spectrum camina hacia esta presencia, la cual puede distinguir a medida que más se acerca.

Se trata de un hombre encorvado, desnudo, tirado al suelo y llorando de manera desgarradora. Spectrum no termina de descifrar lo que ocurre o si lo que está viendo es real, pero prefiere mantener cierta distancia y no intervenir, sin embargo, el hombre encorvado siente que no está solo. Este se da vuelta y lo mira con ojos de lamento. Spectrum puede ver la mirada de un individuo que daría hasta el último fragmento de su ser para cambiar un destino cruel que le atormenta en la eternidad.

El hombre se pone de pie, esta vez portando una antigua túnica griega. Sus ojos se oscurecen y la piel de su rostro se torna putrefacta. De repente, emite un llanto estruendoso y corre hacia Spectrum. El agente conserva la calma y se mantiene firme, pues intuye lo que esta entidad tratará de hacer. Cuando la criatura ya se encuentra a menos de un metro de distancia, esta es empujada de un golpe hacia atrás, como si hubiese chocado contra un muro invisible.

En ese momento, Spectrum recobra la conciencia. Poniéndose de pie, observa como el centinela es expulsado de su cuerpo. Intentó adueñarse de su mente, pero por razones que el mismo demonio no comprende, no pudo hacerlo. Spectrum se percata de cómo el centinela se siente abatido y va retrocediendo lentamente. Un círculo de fuego se enciende alrededor de este demonio, subiendo la llama hasta cubrir todo su cuerpo. El fuego se apaga y el centinela desaparece junto con este.

Spectrum aprovecha el retiro de la amenaza para acercarse a Noel y ver que siguiera respirando, pues ciertamente, le pegó muy fuerte. Tras esperar media hora, su compañero recobra la conciencia. Le busca hielo para sus heridas y descansan un rato, antes de reincorporarse a sus deberes. Mientras tanto, se escucha el aviso de que el tren ya está llegando a su destino, a la ciudad de Florencia.

9. ¿DE QUÉ SOY CAPAZ?

La señorita Sadler y su asistente Suzan imparten una presentación de su negocio, en uno de los salones de eventos del hotel *Bernini Palace* en la ciudad de Florencia. Exponen la historia de la compañía, los beneficios del producto estrella y el plan de compensación para los consultores independientes, mientras mantienen una buena vibra en el ambiente con los invitados.

Mientras tanto, los agentes Spectrum y Lockward vigilan todo el salón desde el balcón al fondo. Spectrum nota que Lockward ha estado inusualmente callado.

— ¿En qué piensas? — pregunta Spectrum.

— Pensaba en lo extraño que se sintió estar poseído por ese centinela — responde Noel. — Una parte de mí estaba levemente consciente, pero no tenía dominio de lo que hacía. Era como estar en una pesadilla.

— Pero eso no fue lo único que sentiste, ¿cierto? — pregunta Spectrum, como si entendiera lo que su compañero describe.

— Sentí su presencia en mí, era como montar un vehículo conducido por dos mentes. Pude sentir una presencia que no era de este mundo, lleno de ira, tristeza, miedo y envidia, pero que, por alguna extraña razón, muy en el fondo, se sentía humano.

— Eso es porque en algún momento lo fue.

— ¿Cómo es eso posible?

Spectrum le muestra su teléfono a Noel, con una ventana donde se muestra un artículo sobre historia del teatro griego.

— Lo investigué después de que intentara entrar a mi mente — dice Spectrum. — Su nombre era Safín, un actor griego del siglo V, antes de Cristo. Desapareció misteriosamente después de una tragedia ocurrida en su último acto, donde mató a otro miembro del reparto disparándole una flecha de verdad. Indagué un poco más sobre este caso en los archivos de la I.P.I.A., aparentemente, se había obsesionado tanto con la personificación perfecta de sus personajes, que terminaba asumiendo la consciencia de todos ellos y literalmente se transformaba en otra persona.

— Eso suena tétrico, incluso para alguien que ha visto demonios.

— Este dato no está confirmado, pero el reporte concluye que Safín practicaba una meditación con la que podía asumir múltiples personalidades, al punto que se desconectaba de su verdadero ser. He leído sobre esto, pero este tipo de prácticas son difíciles.

— Lo dices como si algo no te convenciera.

— Solo especulo, pero sospecho que esta técnica se la tuvo que haber enseñado un demonio sumamente poderoso. Algunos escritos poco legibles hablan de una entidad femenina que corrompía a los hombres, ofreciéndoles sus dones a cambio de promesas vacías pero tentadoras.

— Bueno, lo que sea que haya hecho Safín en aquellos

siglos, logró lo que quería. Todavía hoy practica su obsesión de asumir identidades que no le corresponden, y parece que lo disfruta.

— No estés tan seguro — le interrumpe Spectrum, con gran seriedad en su voz.

— ¿Qué quieres decir?

— Un centinela no es un demonio común. Debajo de esa capa de frialdad, se encuentra un alma que vaga en el limbo que alguna vez fue humana, sin experimentar otro sentimiento más que sufrimiento por sus decisiones pasadas. — explica Spectrum. — Su ego cree haber adquirido una recompensa por el poder que ha desarrollado, pero su cuerpo y su alma se han convertido en meros instrumentos que sirven al propósito de un tercero. Safín fue engañado en vida y sigue pagando el precio al día de hoy y por el resto de los siglos que vengan. Yo mismo los repudiaba, pero después de nuestro último encuentro, ahora entiendo que estos centinelas son meros títeres.

Tras este último comentario de Spectrum, Noel guarda silencio. Experimenta una extraña sensación de empatía hacia una entidad que solo les ha causado problemas. Su mente no es capaz de procesar el sufrimiento que podría estar atravesando un alma como esa.

— Hay algo que todavía no me cuadra — dice Noel. — ¿Cómo es que Safín no pudo adueñarse de ti?

— Un transitor se puede adueñar fácilmente de una mente que no está acostumbrada a estar en contacto con el plano astral. Con todo lo que he visto, he podido expandir mi nivel de consciencia y hay cosas que ya no me afectan igual. Es como tener instalado tu propio antivirus — concluye Spectrum, con un poco de jocosidad.

— ¿Te refieres a los *Ojos de la Verdad?* — pregunta Noel, quien ya no puede disimular su curiosidad.

— Hasta que por fin lanzas la pregunta que casi todos en la agencia se han hecho — dice Spectrum con ironía.

— Nunca había escuchado nada igual. ¿Qué es exactamente lo que ves y cómo lo ves?

Spectrum permanece callado por lo que parece ser una eternidad para Noel. Con calma, Spectrum se quita sus gafas oscuras, las guarda en el bolsillo de su chaqueta y observa a su alrededor.

— ¿Sabes cómo se hace una película? — pregunta Spectrum.

— ¿Sabes lo fastidioso que es que te respondan una pregunta con otra que no tiene nada que ver? — pregunta Noel, con sarcasmo e impaciencia.

Spectrum no puede evitar que se le salga una pequeña y breve risa. Guarda silencio nuevamente y termina respondiendo su propia pregunta.

— Una película no es más que una sucesión de imágenes estáticas, que, al presentarlas de forma continua y rápida, dan la sensación de que estás viendo una imagen en movimiento. Eso significa que lo que estás viendo no es más que una ilusión que tu mente quiere creer, una mentira.

— Si, creo que te voy entendiendo.

— Ver con estos ojos es como ver a través del rollo de esa película. He podido ver que lo que entendemos por "realidad", no es más que una de otras tantas imágenes que conforman la existencia misma.

Spectrum acomoda sus codos sobre la barandilla del balcón. Se inclina hacia el frente y contempla cada elemento del salón.

— En este momento, tengo mi mirada fija en la presentación de la señorita Sadler y veo una infinidad de escenarios. En este plano, veo a todos los invitados muy interesados en el evento, pero si veo más de cerca, observo otro mundo en el que la mitad de los invitados se ponen de pie disgustados y no escuchan una palabra más. Me concentro un poco más y veo otro mundo en el que ninguno de ellos está ahí, porque este hotel nunca fue construido en primer lugar. Agudizo mi vista un poco más y puedo ver el mundo oscuro de donde vienen nuestros enemigos, pero también veo migajas de ese paraíso a donde toda alma quiere llegar. Veo otro mundo donde tu y yo ni siquiera existimos, donde esta historia está siendo leída por otra persona en este momento. Veo cada realidad, aquí y ahora.

Con calma, Spectrum saca sus gafas oscuras del bolsillo de su chaqueta y se las pone nuevamente.

— Tiene sus ventajas y maldiciones. Por un lado, puedo verlo casi todo, siempre y cuando me concentre lo suficiente.

— ¿Y cuál podría ser una desventaja?

— Cuando te das cuenta de que nuestro mundo no es más que una pequeña cifra dentro de una ecuación más grande, entiendes que los problemas que enfrentamos día a día son inconsecuentes para el resto de las dimensiones alternas. Preocupaciones como un alquiler retrasado, un hijo enfermo o una bomba que puede destruir a toda una ciudad, resultan ser cuestiones mundanas que ante un panorama más grande parece no tener importancia. Cuando entiendes esto, dejas de tomarte la vida tan en serio. Para unos, esto puede ser algo bueno, pues casi nada te estresaría, pero para bastardos como yo, casi todo empieza a darte lo mismo y muchas cosas dejan de importarte. Si llego a ese punto, ¿quién sabe de lo que puedo ser capaz? — se pregunta Spectrum a sí mismo, de manera reflexiva.

Noel se ha quedado sin palabras. Trata de absorber todo lo que acaba de escuchar, sintiéndose como un niño de primaria tratando de entender matemática avanzada. Siente en su estómago una mezcla de fascinación, terror y confusión.

— Si lo que dices es cierto, ¿por qué te molestas en hacer todo esto?

Spectrum no responde.

Por otro lado, siente que el teléfono le vibra. Spectrum lo toma y ve una notificación, con información validada por El Triángulo.

— ¿De qué se trata? — pregunta Noel.

El Agente V permanece callado, mientras lee detenidamente la información recibida. Guarda su teléfono y finalmente rompe su silencio.

— ¿Por qué estás aquí realmente? — pregunta Spectrum.

Ahora es Noel quien permanece en silencio, sin entender aquella pregunta.

— Algo curioso pasó en el tren, cuando el centinela se apoderó de ti. Le pedí que usara su huella dactilar para que abriera el maletín de la señorita Sadler, pero no funcionó. — dice Spectrum.

— Bueno, tal vez no estaba configurado para mí.

— Lo había configurado para que un agente autorizado por la C.I.A. pudiera abrirlo.

Noel se queda inmóvil, mientras empieza a sudar frío. Spectrum, por su parte, mantiene la calma, observando el salón y dándole la espalda a su compañero.

— Mientras teníamos esta conversación, solicité información para que validaran la base de datos de la C.I.A., y resulta que habías renunciado de la agencia una semana antes de reunirte conmigo en el restaurante.

— Puedo explicarlo.

— Noel Lockward, usted ha mentido sobre su calidad

como agente, falsificó su estatus para aparecer activo en la base de datos de la C.I.A., tuvo acceso a información confidencial de la I.P.I.A. y ha comprometido esta misión por sus propios intereses. — dice Spectrum con tono firme y autoritario — Queda usted detenido.

En ese momento, Noel siente el roce de un arma en su espalda. Se trata de la Capitana Chambers, quien procede a arrestarlo. Estos se retiran y Noel es escoltado a las afueras del hotel. Mientras tanto, Spectrum desciende del balcón, reuniéndose con el resto de la multitud.

La presentación finaliza y los invitados aplauden con fervor. Muchos quedaron encantados con las capacidades del suplemento, por lo que se acercaron a las mesas de muestra para adquirir sus cajas. Otros se mostraron interesados en la propuesta de negocios, por lo que se acercaron a las mesas de los consultores para considerar sus inscripciones. Por otro lado, varios de los invitados se mostraron escépticos con la propuesta, por lo que no interactuaron mucho con los demás invitados y optaron por marcharse.

El agente Spectrum mantiene su distancia, procurando la seguridad de la señorita Sadler. De repente, recibe una llamada. Al verificar el número, ve que se trata de su superior, el señor Van Helsing. Spectrum aprovecha este momento para dirigirse al baño más solitario que pudo encontrar. Para su tranquilidad, los retretes lucen más limpios que el alma de la Madre Teresa. Se encierra en el del fondo y toma asiento.

Procede a conectar el teléfono a sus gafas de manera inalámbrica, bajo la modalidad de videollamada VR, haciendo que Spectrum tenga una visión tridimensional del despacho del señor Van Helsing como si estuviera ahí presente.

— Saludos, Agente V — dice el señor Van Helsing. — Leí su informe sobre los últimos acontecimientos relacionados a su misión. Asumo que ya tomó acción en cuanto al señor Lockward.

— Es correcto, señor — contesta Spectrum. — En su debido momento procederemos con el interrogatorio, pero por el momento, tengo como prioridad investigar sobre este misterioso suplemento de Eternal. Por razones que aún no comprendo, el centinela transitor mostró un gran interés en este. Tenemos fuertes razones para sospechar que los intentos de captura de la señorita Sadler están más relacionados a su afiliación a esta empresa que a sus conexiones políticas.

— No he querido adelantarme, pero estoy por llegar a conclusiones similares — concuerda el señor Van Helsing. — ¿Cuál será su próximo movimiento, agente?

— La señorita Sadler me había informado que su próxima parada será en Milán, donde se encuentra uno de los laboratorios de Eternal. Aprovecharé esta oportunidad para investigar más a fondo cualquier actividad inusual.

— Enterado, proceda.

La transmisión finaliza y el agente Spectrum se reintegra al salón. El ambiente se apacigua en la medida que los invitados restantes se van retirando. Aparentemente, los consultores presentes lograron buenas inscripciones y la señorita Sadler y su asistente Suzan celebran juntas. Spectrum se acerca para felicitarlas por su presentación, a lo que inmediatamente Teresa pregunta por el joven Noel.

— El señor Lockward ya no estará con nosotros — responde Spectrum sin que le tiemble el pulso. — Su pasantía concluyó.

10. ¿ESTO ES REAL?

Ni hoteles ni residencias privadas. En esta ocasión, por órdenes y recomendaciones del Agente V, la señorita Sadler y Suzan se han quedado en el Phantom con la capitana Chambers y el resto del equipo, para descansar antes de su visita del día siguiente. Mientras tanto, Spectrum decide aprovechar la noche para infiltrarse en el laboratorio de Eternal en Milán. El acceso a la torre se encuentra limitado al cuerpo de seguridad y a unos pocos doctores que laboran en jornadas nocturnas.

El nuevo cambio de turno en el equipo de vigilancia se haría dentro de media hora. La camioneta encargada de recoger al equipo entra al estacionamiento subterráneo y debajo de ella, se encuentra el Agente V. Una vez que la camioneta se estaciona, el agente se desmonta para adentrarse a las instalaciones. Viste un traje táctico negro, cuya visibilidad se adapta a la oscuridad del entorno, por lo que le conviene permanecer en las sombras. Porta unos zapatos con una mezcla de talco creada por su padre, para que estos hicieran el mínimo ruido al caminar. Entra armado con una pistola de dardos no letales, para evitar cualquier baja civil. Si la idea es que la señorita Sadler pueda hacer su visita a estas instalaciones en la mañana, lo prudente es no interferir en la operatividad del personal. Por si se llega al más extremo de los casos, igual porta una ligera mochila con algunas herramientas.

Saliendo del estacionamiento, Spectrum sube las escaleras que lo conducen a la recepción de la torre. Para la dicha del agente, las luces están relativamente bajas, por lo que se arrincona en las esquinas para no ser visto. Observa a dos guardias caminando en círculos por los alrededores y al fondo alcanza a ver un ascensor que conduce a las oficinas, pero se percata de que el mismo requiere de un pase especial para acceder. Continúa observando a su alrededor para identificar alguna sala donde se pueda controlar el acceso al ascensor. En una esquina del ala este de la recepción, ve una puerta con la placa de "Solo personal autorizado", al cual uno de los guardias se va acercando.

Spectrum emerge de las sombras y se desplaza con rapidez hacia la puerta. Tan pronto la cruza, le dispara un dardo al guardia que acaba de entrar, quien cae como una fruta de un árbol. Se sienta en la sala de control, teniendo acceso a las cámaras y puertas del edificio. Inserta una memoria USB en la computadora principal, lo cual le permite al Padre Harvey manipular las grabaciones del lugar. Este aprovecha para eliminar las imágenes grabadas en las que se pudiera ver al Agente V desplazándose por la recepción e inmediatamente procede a insertar una grabación que se repetirá en bucle.

Ahora que el agente tiene esta facilidad, aprovecha para darse acceso al ascensor que conduce a las oficinas. Una vez abierto, atraviesa nuevamente la recepción y entra al elevador con cautela. Llegando al octavo piso de la torre, entra a una nueva recepción, donde alcanza a ver una pizarra con un mapa interactivo del piso en el que se encuentra. Con su celular, le toma una foto a este mapa y se traza a sí mismo una ruta. Sin embargo, antes de comenzar a explorar, activa la visión ultravioleta de sus gafas, por si acaso.

Resulta que ciertas zonas del piso están protegidas por rayos láser invisibles, que, al cruzarlos, activarían las alarmas de todo el edificio. Teniendo conocimiento de esto, se mueve entre los cubículos con el cuidado y la paciencia de un felino. Toma asiento de uno de los escritorios del personal, accediendo a una computadora, esperando encontrar alguna información sobre el CI-23, el misterioso producto estrella de la compañía.

Los archivos muestran información básica que, en su mayor parte, es de conocimiento público, algo que no le sirve de mucho a Spectrum. Por otro lado, encuentra una carpeta compartida por un servidor en común, pero el acceso se encuentra bloqueado. Según la información mostrada en pantalla, solamente el presidente y el vicepresidente de Eternal tienen acceso a estos archivos. Aparentemente, la oficina del presidente está ubicada en Londres. Por fortuna, el despacho del vicepresidente se encuentra en este mismo edificio, pero en el decimotercer nivel.

Entrar a estos cubículos fue tarea fácil, pero tener acceso al piso del vicepresidente sería mucho más complejo, viendo que el pase para que el ascensor llegue hasta allá es exclusivo. Spectrum entiende que tendrá que tomar una ruta alterna desde afuera.

Con sumo cuidado, Spectrum localiza una puerta que lo conduce a uno de los balcones del edificio. Empieza a recorrerlo y nota que, pese a que el espacio es ancho, hay una zona más estrecha donde termina el balcón, no apta para circulación; con un hueco por donde cruza un ascensor de uso exclusivo. Spectrum intuye que se trata de un ascensor que utiliza el vicepresidente para llegar a su despacho.

Con la asistencia de su padre, este llama al ascensor para que suba solo. Spectrum aprovecha esta oportunidad para dar un salto y caer encima del mismo. Trata de sostenerse con fuerza y de mantener el equilibrio, pues el elevador sube con rapidez y el viento de la noche sopla cada vez más fuerte. Finalmente llega al decimotercer nivel. Debido a que Spectrum se encuentra encima del ascensor, aprovecha una entrada al ventilador para colarse desde ahí.

Sale de la ventilación y llega a la recepción del piso, la cual resulta ser tan lujosa como un hotel de todas las estrellas que se pudieran contar. Hay más guardias caminando por los alrededores, los cuales Spectrum duerme con sus dardos. Trata de tener más cuidado al desplazarse, pues hay el doble de cámaras que en la recepción anterior.

Localiza la oficina del vicepresidente, detrás de una puerta que requiere un código de entrada. Spectrum saca su celular para desencriptar el código, con una aplicación especial suministrada por la I.P.I.A. La puerta logra abrirse sin dificultad y la oficina de la secretaria está despejada. Entrando al despacho del vicepresidente, se encuentra con un amplio salón con un estilo de decoración oriental; desde la alfombra, hasta los muebles y la fuente de agua. Unos lujosos ventanales con vista a la ciudad, pero que se puede modificar para que luciera con vista a un jardín asiático. Una computadora conectada a un televisor de setenta y cinco pulgadas que le sirve de monitor, y un set de katanas de diferentes tamaños detrás de su escritorio.

A Spectrum le pareció tan extravagante, acogedor y relajante, que no le importaría tomarse su tiempo para disfrutar del buen ambiente. Pudiera sentirse más relajado, de no ser porque siente una extraña presencia, como si no estuviera solo en la oficina, sin embargo, no ve a nadie más presente, por lo que decide no darle importancia. Con total tranquilidad, toma asiento en el escritorio del vicepresidente y entra a su computadora. Sin perder el tiempo, busca la carpeta a la que había intentado acceder anteriormente, con una contraseña que su padre le pudo suministrar.

Resulta que el archivo cuenta con una lista, pero no del personal del edificio. Es una lista de consultores independientes de todos los países del mundo, que promueven los productos de Eternal. Spectrum percibe algo siniestro en esta lista, pues los nombres y fotografías que se muestran en pantalla son de personas que de alguna forma había visto antes. Abriendo una nueva ventana, investiga en la red los nombres de estas personas. La mayoría son personas que se reportaron como desaparecidas o que aparentemente cometieron suicido.

Spectrum trata de descifrar alguna conexión entre estos casos, más allá del hecho de que fueron consultores para la compañía. Se fija en las fechas en que estos casos fueron reportados y todos se concentran entre los años 2019 y 2022, casualmente los años en que la empresa había crecido exponencialmente, como resultado de la pandemia.

Buscando más a fondo en los archivos de la empresa, encuentra reportes sobre el CI-23. Resultados de una investigación realizada por el Dr. Jimmy Boseman, quien ganó el premio nobel de ciencia en el 2008. Entre estos reportes, encuentra una grabación de uno de sus estudios más recientes a finales del año 2019. Reproduce la grabación y ve que se trata de una entrevista a puertas cerradas, que nunca fue revelada al público:

— Antes que nada, Dr. Boseman, deseo felicitarlo por la nueva edición de su libro — dice el entrevistador.

— Muchas gracias, después de todos estos años, todavía sigo aprendiendo — dice el Dr. Boseman.

— Me llamó mucho la atención el capítulo en el que aborda la relación entre el bienestar del cuerpo y el estado de la mente humana. Admito que esa parte fue un poco compleja para mí, ¿algún comentario que quiera hacer al respecto?

— Así es, a menudo vemos cómo estados de la mente como el estrés o la depresión pueden manifestarse físicamente en nuestro cuerpo, sea a través de un sistema inmunológico que se debilita o incluso en el desarrollo de células cancerígenas. Con los estudios más recientes que hemos realizado y con los increíbles avances de los últimos años, hemos descubierto que el CI-23 no solo perfecciona el sistema inmunológico, sino que también potencializa el funcionamiento del *sistema límbico* y el *córtex prefrontal.*

— El sistema límbico es la parte del cerebro que está relacionada con nuestras respuestas emocionales, ¿cierto?

— Es correcto, pero más que eso, es la zona del cerebro que está conectada a las sensaciones más primitivas del ser humano, como el instinto de supervivencia o incluso nuestro comportamiento sexual.

— Entonces, ¿está diciendo que el CI-23 no solo hace al cuerpo más resistente a cualquier enfermedad, sino que también nos ayuda en el manejo de nuestras emociones?

— Es más impresionante que eso. Nuestro producto es tan efectivo, que, con el desarrollo del córtex prefrontal, el cerebro gestiona las funciones como la consciencia, la toma de decisiones y la concentración. Órdenes del cerebro que se suelen beneficiar de ejercicios como la meditación o la oración. Siempre me ha fascinado cómo la profundidad del estudio de la anatomía humana nos puede hacer llegar al entendimiento del alma y de la consciencia superior. Todo este tiempo, muchos han creído que estos son temas inconexos, pero están más relacionados de lo que la gente piensa. Creo que, con nuestra investigación, hemos llegado a ese punto medio.

La transmisión se cortó de manera abrupta, como si alguien hubiese editado el video para que la entrevista no se viera completa. Spectrum se recuesta en el asiento, meditando sobre lo que acababa de escuchar. Trata de descifrar algún tipo de conexión entre las funciones del suplemento y los centinelas, pero no se le ocurre nada concreto.

De repente, al frente suyo detecta una extraña silueta, una sombra en la esquina derecha de la oficina. Remueve sus anteojos y alcanza a ver la figura de un fantasma. Un hombre de aproximadamente cuarenta años, portando un casco de constructor con una perforación en el área superior izquierda. Parecía ser un balazo. El rostro de este fantasma era de sorpresa, miedo y tristeza. Al verlo, Spectrum descifró el porqué no se sentía solo en la oficina. Tuvo curiosidad, pues por alguna razón, le parece haber visto ese rostro hace poco.

Revisa nuevamente en la computadora y entre los archivos encuentra la foto de la persona que resulta ser el espíritu que tiene al frente. Se trata de Raymon Longstay, uno de los arquitectos que había trabajado en la última remodelación que tuvo el edificio en el 2018. Según los reportes, nunca se volvió a saber de él después de haber terminado la remodelación.

Spectrum fija su mirada nuevamente en el fantasma del señor Longstay. Siente como si tratara de decirle algo, pero los muertos no hablan. Por otro lado, sí pueden dejar pistas. El espíritu alza su brazo y con su dedo señala la estatua de un dragón oriental al fondo de la oficina. Es el mismo dragón que aparece en el fondo de pantalla en el escritorio de la computadora. El agente se pone de pie y se acerca a esta estatua, tratando de descifrar lo que Longstay quiere enseñarle. Nota que el dragón luce algo diferente, pues sus diminutas manos tienen una posición diferente a la de la foto. Fijándose en el relieve, entiende que las manos de esta estatua pueden moverse. Empieza a interactuar con el dragón y al posicionar las manos de la misma forma que luce en la computadora, siente un "click" y lentamente se abre una puerta.

El agente se da vuelta y observa cómo el fantasma del arquitecto se desvanece. Retorna su atención a la puerta que se acaba de presentar, con un diseño completamente distinto al resto de la oficina. Como si perteneciera a unas instalaciones ajenas a la actual. Al acercarse, se da cuenta de que se trata de un ascensor, con un único botón para descender.

Al entrar, la puerta se cierra sola y comienza a descender. Spectrum se pone a contar el tiempo y los niveles a los que podría estar bajando. La última vez que se fijó, la torre solo tenía veinte pisos, pero a juzgar por el tiempo que lleva descendiendo, debe haber bajado a diez niveles más en un subterráneo. En ese momento, el ascensor se detiene y la puerta se abre nuevamente.

Spectrum camina hacia un salón completamente oscuro. Al frente suyo se encuentra un pasillo recto, con un camino iluminado por luces neón en los bordes. A medida que avanza, se percata de unas cápsulas criogénicas a los alrededores. Mientras camina, aparecen más cápsulas que se extienden hacia el vacío, como si no tuviera fin. Nota que en la mayoría de estos tubos hay personas dentro, rodeados de un líquido espeso que no puede identificar y máscaras respiratorias, conectadas a un tubo.

A cada paso que da, nota que las siluetas de las personas encerradas en estas cápsulas se veían cada vez menos humanas. Unos lucían desnutridos, algunos portaban garras y a otros se le veían cuernos que iban creciendo. Otros lucían completamente deformes e irreconocibles. Lo más curioso para Spectrum, es que a algunos de ellos se les podía ver el rostro con la pequeña iluminación del pasillo. Reconoció algunas de las caras de los consultores que habían desaparecido.

En ese momento, el agente escucha la voz de un joven adolescente detrás suyo que dice: *"¿esto es real?"*. De repente, Spectrum se da vuelta. Le pareció haber visto la silueta de una persona que rápidamente se disipó entre las sombras. Lo más extraño es que, por alguna razón, la voz le pareció familiar. Pasado esto, ignora la pequeña distracción y se enfoca nuevamente en su misión.

Muy a lo lejos, escucha una conversación entre dos individuos. Sus voces se escuchan cada vez más cercanas, por lo que Spectrum se oculta detrás de una de las cápsulas. Uno de ellos porta una bata blanca de laboratorio y otro un traje rojo vino. Por alguna razón, el hombre de traje rojo le pareció familiar. A medida que ambos se acercan, puede reconocer mejor su voz.

— Entienda, señor, los sujetos que tenemos aquí no están aptos para la operación requerida — dice el doctor.

— Nuestros patrocinadores son personas con siglos de paciencia, pero empiezan a dudar de la capacidad de este personal — dice el hombre en traje.

— Lo entiendo, señor Azazel, pero ahora mismo la única forma de ejecutar esto es acudiendo a la fuente y activarlo desde ahí.

— Una solución poco ortodoxa, pero entiendo lo que dice. Le informaré a mis superiores — dice Azazel, quien se despide y se retira.

Spectrum debió sospechar que de alguna forma Azazel estaría involucrado en esto, pero sigue sin descifrar su papel o el de esta empresa. Aprovecha esta oportunidad para moverse y seguir al doctor con el que Azazel estaba conversando. El doctor se detiene en un ordenador, encerrado en una amplia burbuja de cristal donde tenía su escritorio. Parece estar actualizando ciertos datos sobre su trabajo.

Dany se le acerca por detrás y le dispara uno de sus dardos. Aprovecha este momento para husmear en el ordenador para encontrar información de interés. Encuentra una serie de bitácoras ordenadas por fecha. Abre el primero y encuentra informes redactados por el Dr. Boseman:

"Febrero de 2018,

La semana pasada comenzamos las pruebas con el sujeto No. 648. Le hemos proporcionado seis dosis del nuevo CI-23, tres por la mañana y tres por la tarde. Ha mostrado un excelente desarrollo de cisteína, por lo que su sistema inmunológico se fortalece a un nivel mucho más acelerado que con la muestra anterior. Hasta ahora no ha mostrado los efectos secundarios esperados. Seguiremos nutriéndolo con nuestro suplemento y continuaremos las pruebas."

Spectrum todavía no encuentra utilidad en este informe. Abre el siguiente archivo, donde encuentra más informes redactados por el mismo Dr. Boseman:

Abril de 2018,

El sujeto No. 648 continúa con sus rutinas diarias y su trabajo habitual. Cada fin de semana se reporta en nuestro laboratorio para que podamos monitorear su progreso. Por lo visto, el CI-23 se ha desarrollado en su cuerpo de tal manera, que los efectos ya han llegado al sistema límbico y el córtex prefrontal en su cerebro. Nos comenta que se siente más animado, positivo y que el ajetreo de su estresante trabajo ya no le afecta como antes. De hecho, informa que se muestra más eficiente y positivo que nunca. Observaremos cómo se comporta el sujeto en el mes entrante.

Tan pronto termina de leer este informe, Spectrum abre el archivo del mes de mayo de 2018:

Mayo de 2018,

El sujeto nos confirma que el consumo continuo del CI-23 lo ha ayudado a mejorar la calidad de su sueño y ahora se concentra mucho mejor en sus meditaciones matutinas. Tanto así, que el sujeto admite tener sueños lúcidos de manera frecuente. De tres a cuatro noches por semana, para ser exactos.

En otras noches, el sujeto cree haberse visto a sí mismo dormido. Como si su mente fuese capaz de salirse de su cuerpo mientras duerme.

Tras confirmar estos reportes con nuestros estudios, estimamos que ya estamos listos para pasar a la siguiente fase.

Spectrum cierra el informe y abre el siguiente:

Junio de 2018,

Hemos traído al sujeto No. 648 a nuestras instalaciones subterráneas para empezar con la Fase Beta. Logramos activar el OR-66 y el sujeto tuvo las reacciones esperadas: entró en fase de coma por un periodo de tres días. Seguido de esto, el sujeto se despertó solo y su personalidad parecía alterada. Hablaba en un lenguaje que desconocemos, su voz se escuchaba más grave y hasta duplicada, en los muros escribía garabatos que parecían no tener sentido.

Julio de 2018,

Los resultados han sido fascinantes. Ahora el sujeto No. 648 ha demostrado tener fuerza y habilidades sobrehumanas, sin alterar su composición molecular. Se identifica a sí mismo como un visitante del inframundo y ha tomado plena conciencia de su estado mental. Se adapta a nuestro entorno, sin tener que consumir la energía que se gasta atravesando el campo cuántico para manifestarse en nuestro mundo. Creo que lo logramos, hemos logrado una posesión demoníaca a nivel biológico.

Justo cuando Spectrum creyó que pocas cosas en esta realidad podrían sorprenderlo, el trabajo del Dr. Boseman lo ha dejado reflexivo y sin pestañear. Ahora puede entender el interés que el centinela transitor tenía en la muestra del CI-23 que cargaba la señorita Sadler.

— Esto es más que un atentado con un arma biológica. Si este es un producto de consumo masivo, podríamos estar hablando de una posesión demoníaca a nivel global — interpreta Spectrum.

Ahora comienza a preguntarse si la señorita Sadler desconocía esto o si se estaba haciendo la tonta. De todos los consultores que se han destacado en la empresa, ¿de verdad es su trayectoria profesional lo que la hace especial?

Spectrum siente que ya ha pasado mucho tiempo en estas instalaciones. Saca una memoria USB y guarda toda la información que acaba de encontrar. La descarga de información es mucha, por lo que se toma su tiempo. Una vez completado, recoge todo y se prepara para irse, sin embargo, justo en ese momento, siente una presencia detrás.

11. BATALLA EN LAS ALTURAS

Spectrum se da vuelta y se topa con una extraña persona que desconocía. Una mujer vestida con un traje de cuero negro de una sola pieza ceñido al cuerpo, desde los pies hasta la cabeza, cubriendo incluso su rostro. Cabello rojo ardiente, amarrado en una cola que le llega hasta la cintura. Zapatos rojos de tacones altos y un collar plateado que le llega hasta el pecho. Una dama con curvas mejor definidas que una pista de *Fórmula 1* y que proyecta una personalidad dominante. A Spectrum le tomó varios segundos percatarse de que esta misma dama le estaba apuntando con un arma justo en la cara.

— Señorita, no sé si rendirme o pedirle su número — comenta Spectrum, quien no se siente para nada intimidado con su imponencia.

La mujer no responde, tan sólo baja su arma y da un paso hacia atrás. Spectrum reconoce la mirilla de su arma, correspondiente a un modelo que conoce, que emite un láser verde al apuntar.

— Así que fuiste tú — dice Spectrum. — La que por poco me dispara cuando el centinela me atacó en el balcón del teatro.

La misteriosa mujer sigue guardando silencio.

— ¿Cuánto tiempo llevas siguiéndome? ¿Quién te envía? — pregunta Spectrum.

La dama levanta la palma de su mano, como si esperara que el agente le diera algo.

— Entrégamelo — dice la mujer, con una voz alterada que no se puede identificar.

— Lo siento, nena — responde Spectrum. — Si deseas crédito por esta investigación, trae tu propio USB.

— Esto va más allá de los intereses de tu agencia, la información que posees es de interés para seres más poderosos que ni con tu visión pudieras entender — dice la mujer.

— *Lo que sabemos es una gota y lo que ignoramos es un océano,* según Newton. ¿Alguna información que quieras compartir conmigo? — pregunta Spectrum.

En ese momento, la poca iluminación que había en el laboratorio desaparece. Spectrum y la misteriosa mujer desenfundan sus armas al mismo tiempo y se preparan para lo peor. Al fondo del pasillo, la silueta iluminada de un hombre aparece. El individuo camina con tranquilidad en dirección a los intrusos. Spectrum se da cuenta de que se trata de un enemigo familiar: el centinela invocador.

El centinela extiende sus brazos y del suelo emerge una legión de zombis, con pieles putrefactas, miembros descompuestos y un apetito voraz por la carne de los intrusos. El centinela invocador abre un círculo de fuego a su alrededor, las llamas lo cubren y este desaparece. El agente Spectrum y la misteriosa mujer podrán tener intereses encontrados, pero en este momento tenían una prioridad común: salir con vida.

La dama se adelanta y abre fuego contra los muertos vivientes. Spectrum cubre la retaguardia y dispara a los alrededores. Ambos mantienen su distancia para evitar ser mordidos, mientras avanzan hacia el ascensor, abriéndose camino a tiros. La mujer saca un látigo, cubierto por una luz roja electrificada. Sacude su látigo y corta las cabezas de cualquier enemigo que se acerca. Spectrum se mantiene agachado para no ser cortado como ellos, pero continúa defendiéndose.

La lucha los lleva a la salida, donde finalmente dan con el ascensor para escapar. Entran con rapidez y presionan el botón para cerrar la puerta, antes de que fueran acorralados. El ascensor empieza a subir y ambos tratan de recuperar el aliento. De repente, el ascensor se sacude. Sienten que algo pesado les cayó encima, pero no se imaginan lo que pudiera ser. Empiezan a sentir fuertes golpes de algo que intenta entrar, hasta que un brazo gigantesco, peludo, musculoso y con garras, rompe el techo y trata de agarrar a Spectrum. Sospechan que se trata de otra invocación del centinela, mientras se agachan y disparan al techo.

Sienten cómo lo que trataba de entrar se mueve rápidamente hacia la parte baja del ascensor desde afuera, ahora intentando agarrarlos rompiendo el suelo. Spectrum y la misteriosa mujer se apoyan para escalar por el agujero dejado por la criatura y salir del ascensor. Se van acercando al nivel del despacho del vicepresidente de la compañía, pero el ascensor está a punto de caer. En una maniobra imprudente de parte de Spectrum, este le quita el látigo a la misteriosa mujer y la invita a que se sostenga de él. Sin pensarlo mucho, esta accede. Justo antes de que cayeran, ambos saltan, al mismo tiempo que Spectrum usa el látigo para engancharse de un borde de la puerta de salida.

Mientras terminan de subir, escuchan a la bestia escalando las paredes con sus garras a una velocidad espeluznante. A medida que se acerca, estos entran de vuelta a la oficina y se quitan de la puerta lo más rápido posible. La bestia finalmente los alcanza y resulta que se trata de un Minotauro, alto, fuerte, de cuernos largos, garras bien afiladas y ojos enrojecidos que lagrimean sangre.

En ese momento, Spectrum empuña su revólver y cambia la modalidad a balas con agua bendita integrada. Dispara contra la bestia que trata de embestirlos, pero a pesar del gran daño que le inflige, es más resistente de lo que anticipó. A un minotauro común, estas balas lo hubiesen aniquilado al instante, pero tratándose de una invocación de un centinela, necesitarán algo más.

La bestia se reincorpora y trata de atacar nuevamente. *¡A un lado!*, exclama la misteriosa mujer. De su espalda, la dama saca una reluciente espada hecha de diamante y se pone en guardia. Como toda una torera, la dama esquiva la embestida del minotauro y lo corta en una pata. La bestia ruge de agonía. Al dejarlo en el suelo, la mujer se acerca para terminarlo, atravesándole la espada por completo en su corazón. Así es como el minotauro es exterminado.

Habiendo resuelto este inconveniente, Spectrum se asoma por el ventanal panorámico con vista a la ciudad. Le dispara al cristal, tratando de generar una ruta de escape. Sin embargo, la mujer se le adelanta, acercándose al borde del cristal roto.

— De acuerdo, las damas primero, supongo — dice Spectrum.

Este aprovecha para devolverle el látigo que le había quitado, como un gesto de caballerosidad.

— Gracias, mi estimado agente. Ojalá yo también pudiera devolverle esto, pero lo necesito más que usted.

La misteriosa mujer le enseña la memoria USB que le había quitado a Spectrum. Aparentemente, la dama se lo había arrebatado al mismo tiempo que Spectrum tomó el látigo sin su permiso. La mujer se despide soplándole un beso, seguido de un salto hacia el vacío. El agente, quedando como un idiota, la pierde de vista en el panorama de la ciudad. La dama ha resultado ser más astuta de lo que Spectrum se imaginó, por lo que en cierta forma se ganó su respeto.

Enfocándose nuevamente en la misión, el agente prepara su paracaídas para saltar, pero justo en ese momento, desde el cielo se le aparece el centinela, montando lo que parece ser un Pterodáctilo gigante escupiendo fuego, otra de sus retorcidas invocaciones. Esta bestia le bloquea la salida, por lo que Spectrum no podrá saltar. Rápidamente sale corriendo de la oficina en búsqueda de otra salida. Ubicar otra ventana no es una opción, pues el centinela vigila los alrededores, por lo que tendría que tratar de salir por otro de los ascensores o por las escaleras.

Llegando a otro departamento repleto de cubículos, escucha pasos y gemidos de lo que parecen ser más zombis. Aparentemente el centinela ha invadido todo el edificio con sus criaturas. En lugar de seguir corriendo de un punto a otro, Spectrum decide cubrirse con un escritorio y pensar en una solución a su situación. El agente analiza: *"estas criaturas no pueden ser creación del centinela, deben ser invocados desde algún punto del infierno. Si pudiera descifrar desde dónde y en qué momento exacto hace una invocación, podría anticiparme y usar eso a mi favor."*

Spectrum reflexiona sobre cada una de las invocaciones que ha realizado el centinela esta noche y cómo cada una ha cumplido una función práctica. Por un lado, interpreta que el centinela invadió el laboratorio de zombis para acorralarlos con facilidad en un espacio estrecho. Por otro lado, trajo al minotauro por la necesidad de una bestia fuerte que pudiera detenernos en un ascensor en movimiento. De igual forma, usó al pterodáctilo, una bestia con alas, para patrullar el cielo en caso de que intentara escapar por aire. *"Necesito crear un escenario en que termine invocando algo que a mí me convenga"*, concluye el agente.

Mientras tanto, el centinela se encuentra en la azotea de la torre, observando detenidamente el panorama para percatarse de cualquier movimiento. Tras varios minutos de espera, el enemigo observa cómo el agente intenta saltar de nuevo desde otra ventana. El salto pareció precipitado, casi como si lo hubiesen empujado, esta vez abriendo su paracaídas inmediatamente. El centinela invoca a otra bestia alada y termina enviando a un águila gigante, negra y de ojos rojos. El águila persigue al agente, acercándose rápidamente y apuntando con su pico al paracaídas, para destrozarlo y dejar que el agente cayera, sin embargo, el águila nota que el agente al que está atacando no es Spectrum. Se trata de un zombi, a quien Dany le había enganchado su propio paracaídas.

En ese momento, Spectrum cae justo encima del águila y empieza a montarlo para alejarse del edificio volando. El centinela, dándose cuenta de cómo ha sido engañado, invoca a otro águila gigante y persigue al agente. Mientras surcan por el cielo, Spectrum saca su revólver y dispara hacia atrás para ahuyentar a su enemigo. El centinela y su bestia esquivan los disparos desplazándose de izquierda a derecha. Este termina invocando a una legión de gárgolas, las cuales cargan contra el agente desde los laterales.

Poco a poco, las bestias van despedazando las alas de su águila. La cantidad de gárgolas atacando a Spectrum es abrumadora, no sabe cuánto más podrá resistir. Saltar hacia el vacío no es una opción, pues el paracaídas que tenía ya lo usó para distraer a su enemigo. Mientras tanto, Spectrum presiona un botón de emergencia en su celular, pidiéndole apoyo a Jessica, pero no sabe si pueda contar con el jet de manera inmediata. Ante esta situación, Spectrum decide improvisar una vez más.

Montando a la criatura, el agente se eleva de forma vertical, con la intención de que su enemigo le siga. Es así, como en una maniobra absolutamente demencial, Spectrum se deja soltar, cayendo justo encima del águila montada por el centinela. En un intenso intercambio de golpes, ambos terminan cayendo de la bestia hacia el vacío. De una patada, Spectrum se aleja del centinela, pero no sin antes haberle dejado una granada adherida a su espalda.

El centinela estalla como una pequeña *Estrella de la Muerte*. Quedando solo en el aire, Spectrum empieza a maniobrar en caída libre, cuando se da cuenta que una de las águilas se dirige hacia él para atacarlo. Cuando esta se aproxima, el agente aprovecha la oportunidad para subirse encima de ella y antes de que la invocación desaparezca, el agente termina cayendo cerca del Lago Maggiore, a las afueras de la ciudad de Milán.

Spectrum se recuesta y trata de recuperar el aliento, mientras la criatura invocada termina de desaparecer. Reflexiona sobre la torpeza que fue dejarse quitar la evidencia de aquella extraña mujer y a la vez se pregunta quién podría ser, si es enemiga o aliada. Trató de ver a través de ella, pero no detectó ninguna presencia oculta. Considera que al menos tuvo tiempo para ver toda la información que necesitaba con sus propios ojos, la cual no dudará en reportar a sus superiores.

Lentamente, el agente se recompone y se va poniendo de pie. Mientras tanto, observa cómo el *Phantom* se acerca para su extracción. Una vez que el jet aterriza, su padre abre la puerta, con gran preocupación. Este se precipita hacia su hijo para atenderlo, revisando que no haya recibido alguna maldición del Centinela. Spectrum insiste en que se siente bien, pero que necesita descansar. Entrando a la cabina, lo reciben Teresa, Suzan y el señor Craig. Jessica, quien empieza a despegar, solo echa una mirada hacia atrás, viendo que su compañero está bien.

— ¿Se encuentra bien, señor Spectrum? — pregunta Teresa.

Dany se muestra indiferente a la preocupación de la señorita Sadler. Tan solo camina hacia la cocina para buscar un poco de hielo, para luego aterrizar sobre su asiento preferido e inclinar el espaldar. Manteniendo su mirada pegada al techo y luego de un largo suspiro, el agente comenta:

— Me temo que tendrá que suspender su visita a la sede de Milán.

— Es la primera vez que sugiere que cambie mi itinerario — dice Teresa. — ¿Algo que desee compartir conmigo?

— ¿Cuál es su próximo viaje? — pregunta Spectrum, ignorando la primera pregunta de Teresa.

— No ha respondido mi pregunta — insiste Teresa de forma medianamente agresiva.

— Su próximo viaje, señorita Sadler — repite Spectrum, con tono más severo, pero conservando la calma.

Unos segundos de silencio incómodo se adueñan de la cabina. Teresa, luego de un suspiro de inconformidad, responde:

— Vamos a Cerdeña, había acordado reunirme con mi líder Platino Principal luego de que finalizara mi gira.

— De acuerdo, a Cerdeña iremos, pero esta vez estaré a su lado todo el tiempo, le guste o no — dice Spectrum.

De esa forma, el jet fija curso hacia el puerto de Génova, donde se encuentra el yate de la señorita Sadler, con viaje programado a Cerdeña para el día siguiente. Mientras tanto, Dany pasa el resto de la noche sumergido en sus pensamientos, asimilando lo que descubrió en el laboratorio. Siente duda de si podría compartir esta información con la señorita Sadler, a la vez que sospecha sobre lo que ella podría o no saber.

En la medida que la mayoría a bordo concilia el sueño, Spectrum toma prestada la computadora de su padre y pasa a la cabina de la piloto. Sentándose al lado de Jessica para hacerle compañía, enciende la computadora para buscar unos archivos antiguos en el servidor. Encuentra un breve reporte sobre un hombre llamado Torlem, un humilde carpintero que trabajaba en los suburbios de Jerusalén entre los años 1095 y 1098 d.C.

Este carpintero tenía un hijo llamado Arluem, quien había perdido a su madre durante el parto. Torlem tenía pocos clientes y pocos ingresos como carpintero, por lo que él y su hijo sufrían muchas precariedades económicas. Cada vez que Torlem llegaba a casa, su hijo Arluem le contaba con emoción sobre un amigo llamado Pardu, cuyo padre era rico y era dueño de una gran variedad de animales. Torlem podía ver en su hijo el deseo de tener tales privilegios, pero eran muy pobres.

En un intento por animar a su hijo, Torlem aprovecha sus habilidades de carpintería para tallar figuras de animales de madera. Creyó que esto podría alegrar a su hijo, así que, al anochecer, llegó muy entusiasmado por darle la sorpresa a su hijo. Lamentablemente, lo único que el carpintero recibió fue la triste noticia de que su hijo había fallecido en un accidente, ocasionado por uno de los animales que le pertenecían al padre de su amigo. Torlem maldijo a la familia de Pardu y a sus bestias, pero sobretodo, a los animales de madera que había tallado con tanto cariño.

No quiso aceptar que se trató de un accidente. Lleno de remordimiento e ira, acudió a una sacerdotisa a las afueras de la ciudad. Una anciana que todos acusaban de ser portadora de malos augurios. Cegado por la pérdida de su hijo, Torlem le pidió a esta sacerdotisa que le enseñara el medio para traer de vuelta a su hijo. Esta accedió, bajo la condición de que Torlem cobraría su venganza por la pérdida de su hijo. Al aceptar tales condiciones, la sacerdotisa le concedió a Torlem el don de la invocación.

Había adquirido una habilidad con la que podría llamar a cualquier criatura o entidad desde otro mundo, incluso traer de vuelta a su hijo, si cumplía su pacto. Pero lo que pareció un medio para hacer justicia, se convirtió en una maldición que había encadenado a su alma por el resto de su existencia.

Spectrum termina de leer el resumen, quedándose pensativo. Tratando de unir ciertos cabos, puede ver cómo el relato de Torlem se relaciona con el centinela invocador. Al igual que el transitor, puede ver que sus enemigos son almas atormentadas que en su momento fueron engañadas por un poder superior, condenadas a nunca morir y a seguir causando sufrimiento en el mundo de los mortales.

Mientras permanece sumergido en sus pensamientos, Jessica, quien estaba sentada a su lado y pilotando el jet, le llama la atención.

— Te noto menos relajado de lo usual — dice Jessica. — ¿Hay algo que quieras hablar?

No responde Spectrum de forma seca.

— Lo que tú digas.

Jessica lo deja tranquilo a propósito, pues conoce a Dany mejor que muchos. Si insiste en que le hable, él se encierra más. Sabe que es cuestión de fluir para que se abra solo, como dejar que una planta crezca sola después de regarle agua.

— Sabes… — empieza Spectrum. — Puedo ser paciente con muchas cosas, pero algo que de verdad no tolero es cuando juegan con mi confianza.

— ¿Lo dices porque crees que Teresa te oculte algo o lo dices por Noel? — pregunta Jessica sin rodeos.

— ¿Crees que fui muy duro con el chico? — le pregunta Spectrum.

— Acato tus órdenes sin cuestionar y lo sabes, pero creo que al menos él se merecía el beneficio de la duda — dice Jessica.

— Se lo di cuando lo asigné como pasante en esta operación, no dejo que un rayo caiga dos veces en un mismo lugar — responde Spectrum.

— Imagina si el señor Van Helsing hubiese asumido esa misma actitud cuando te colaste en la operación de París — dice Jessica.

— Eso fue diferente, era blando y tonto en aquel entonces — dice Spectrum.

— Solo digo… — dice Jessica. — Espero que cuando acabemos esta misión, podamos tener una buena charla con Noel, al menos deberíamos concederle eso.

— Tal vez lo haga, capitana Chambers. Tal vez lo haga.

12. EL UNIVERSO EN SUS OJOS

Partiendo del puerto de Génova, Spectrum y el sacerdote acompañan a Teresa y a Suzan en su inmenso yate a motor de crucero, con suficiente espacio como para celebrar una fiesta familiar latina. Son asistidos por el Capitán Phillips y su equipo de mayordomos. El brillo del océano se glorifica con el reflejo del sol y el soplo del viento es bastante agradable. Suzan se acomoda en su silla de playa, abriendo su computadora y disfrutando de un trago servido por el personal.

Mientras tanto, Spectrum invita a Teresa a una de las cabinas privadas del yate, para tratar un asunto pendiente junto al sacerdote. Esta accede y acompaña al agente hacia una de las habitaciones, donde resulta que el reverendo ya los estaba esperando. El mismo se encuentra sentado en la mesa del centro, experimentando con alguna invención que despertó la curiosidad de Dany. Parecía estar manipulando un fragmento de cristal del tamaño de una tarjeta.

— ¿Algo nuevo de su división, reverendo? — pregunta Spectrum.

— Logramos recomponer los extractos de alas de los primeros ángeles que pisaron este mundo, ya llevamos meses experimentando con ellas — explica el sacerdote. — Con esto hemos producido un material llamado *Arlitium*, capaz de generar una vibración a la misma frecuencia natural del aire. De esa forma, el cuerpo estaría en un estado de agitación que podría inducir una especie de *efecto túnel*.[3]

— ¿Me está diciendo que han generado un material capaz de atravesar el concreto sin dañarlo? — pregunta Spectrum.

— Técnicamente, sí, y guiándonos de la teoría de la relatividad[4], cualquier cuerpo dentro de este material también se vería afectado — responde el sacerdote. — Pero seguimos haciendo pruebas, sería trágico tener a un agente atravesado en medio de un muro si no funciona.

— No sé si he podido entender media palabra de lo que han dicho, pero... — interrumpe Teresa. — ¿No tenía usted algún tema pendiente conmigo, señor Spectrum?

— En efecto, señorita Sadler — responde Spectrum. — Vayamos al punto, tome asiento, por favor.

---

[3] Efecto túnel: fenómeno de la física cuántica en el que una partícula viola los principios de la mecánica clásica y penetra una barrera de igual o mayor potencial que su propia energía cinética.

[4] Teoría de la relatividad: expone que el espacio y el tiempo no son absolutos ni independientes entre ellos, dependen del observador. También expone que la materia y la energía no son entidades separadas, más bien equivalentes.

Teresa se acomoda en la mesa, sentándose al frente del sacerdote y del agente. El sacerdote prepara una computadora especial, con una mirilla que apunta al rostro de la señorita Sadler. De igual forma, saca unos cables para conectarlos al brazo de Teresa. La señorita no puede evitar sentirse un poco inquieta, por lo que pregunta:

— ¿Acaso esto es una especie de polígrafo?

— Es un poco más complejo que eso, pero no tema, nada de esto le hará daño — aclara el sacerdote.

— Tendrá que disculpar nuestra impertinencia, señorita Sadler, pero esto es algo que debimos haber hecho desde el principio — dice Spectrum. — Como sabrá, en el tiempo que estuvo secuestrada, usted fue sujeta al ritual de *Thanandus*. Por fortuna, pudimos impedirlo, y a simple vista no ha mostrado ningún rasgo de que se encuentra poseída por un demonio de alta categoría. Ahora bien, debido a los hallazgos en mi más reciente investigación, me temo que nunca se puede ser demasiado cauteloso.

— Aprecio su preocupación, agente, pero a estas alturas ya me hubiera dado cuenta si me pasa algo inusual — dice Teresa.

— Como ya le había dicho nuestro sacerdote, no es tan simple — dice Spectrum. — La prueba que le haremos ahora está diseñada específicamente para aquellos sujetos que podrían guardar alguna entidad dormida en su interior sin que la persona lo sepa. Le haremos preguntas hipotéticas que fueron elaboradas para detonar algún signo en usted, que podría confirmar o desestimar nuestras sospechas.

Tras esta explicación, Teresa guarda silencio, cierra los ojos un momento y toma una respiración profunda. Sintiéndose un poco nerviosa, abre sus ojos nuevamente.

— De acuerdo, adelante — dice Teresa.

El sacerdote termina de ajustar los cables al brazo de Teresa y vuelve a tomar asiento. Terminando de calibrar su equipo, le da la señal al agente para que empiece.

— Muy bien — comienza Spectrum. — Usted encuentra a un niño solo y llorando en una capilla vacía, ¿qué hace?

— Le preguntaría dónde están sus padres.

— Usted trabaja en una empresa donde se reporta a tres superiores diferentes, quienes le asignan tareas distintas al mismo tiempo, ¿cómo se manejaría?

— Averiguaría cuál de esas tareas es prioridad y me enfocaría en esa.

— Un día llega a casa de su madre para darle la noticia de que se va a casar. Su madre, en cambio, le avisa que tiene cáncer y que solo le quedan sesenta y seis días de vida. ¿Estaría dispuesta a suspender su boda para atender a su madre?

— Por supuesto, la salud de mi madre es más importante que nada.

— Usted conoce al hombre de sus sueños, pero para tener una vida con él, tendría que adoptar la misma religión de su familia, sus mismas costumbres y renunciar a su antigua vida, ¿lo haría?

— Diría que ningún hombre vale tanto la pena como para renunciar a quien soy.

— Usted tiene la obligación de llevar una caja a un establecimiento. No debe soltarla bajo ninguna circunstancia, pero en el camino, encuentra a una tortuga con las patas arriba, incapaz de voltearse por sí sola. ¿Soltaría la caja para ayudarla?

— Depende de cuáles serían las consecuencias si suelto la caja.

— ¿Estaría dispuesta a priorizar la caja, aunque no sepa lo que contiene? — pregunta Spectrum, con cierta ironía en su tono.

— ¿Acaso importa el contenido si mi deber es llevar la caja? — pregunta Teresa, de forma retórica.

— Responda la pregunta, por favor.

El sacerdote detiene la prueba, colocando su mano sobre el antebrazo de su hijo. Viendo los resultados en el monitor de la computadora, no se detecta ninguna anomalía de parte de la señorita Sadler. Independientemente de estos resultados, el sacerdote y el agente intercambian miradas brevemente. Sin decir una palabra, tan solo con su mirada, el sacerdote le hace entender a su hijo que la prueba es inútil y que debería ser más flexible con la señorita Sadler.

— Reverendo, si es tan amable, deme un momento a solas con la señorita Sadler — dice Spectrum.

La mirada del sacerdote cambia de compasión a una de preocupación. Se hace una idea de lo que su hijo intentará hacer, algo que él no aprueba. Por otro lado, no tiene ánimos de discutir, por lo que empieza a recoger su equipo. Con delicadeza, le quita los cables a la señorita Sadler y apaga el monitor. Una vez que termina, sale de la habitación, dándole privacidad a Teresa y al agente.

Con toda la calma que le caracteriza, Spectrum se pone de pie, caminando hacia los interruptores para bajar la iluminación de la habitación. Teresa se siente algo incómoda, tratando de descifrar lo que el agente tiene en mente. Spectrum vuelve a tomar asiento, justo al frente de Teresa.

— Le voy a pedir dos cosas — dice Spectrum. — La primera, su absoluta concentración.

— ¿Y la segunda?

— Que no tenga miedo, estoy de su lado.

En ese momento, Spectrum se quita sus gafas oscuras, manteniendo sus ojos cerrados. Lentamente los abre, conectando con la mirada de Teresa. Con asombro, temor y confusión, la dama se queda casi hipnotizada perdiéndose en los ojos del agente, como si literalmente pudiera ver el universo a través de ellos. Puede ver el comienzo, el fin y el reinicio de todo. El primer fuego y el último suspiro de la existencia. Infinitas posibilidades donde todo ocurre al mismo tiempo y a la vez nunca. Al final, termina viendo un reflejo de lo que Spectrum puede ver en ella en este momento: su alma.

Por otro lado, Spectrum atraviesa los ojos de Teresa con su visión. Debajo de su carne y de sus órganos, más allá de los átomos y partículas subatómicas, alcanza a ver un millar de pequeñas supernovas[5]. Cada destello

---

[5] Supernova: es la explosión de una estrella que libera una gran

uniéndose con el otro como constelaciones en el infinito, todas juntas conformando la esencia pura de la persona que tiene al frente. En cada reflejo de luz puede ver las decisiones que han forjado su carácter, las decepciones que moldearon sus creencias y las conquistas que respaldan sus sueños.

Habiendo completado su vistazo a través del alma de Teresa, Spectrum no detecta en ella ninguna presencia maligna, ningún huésped oculto. Vuelve a ponerse sus gafas oscuras y se echa para atrás en su silla. La señorita Sadler, en cambio, no podría estar más exhausta. Siente cómo su mente emprendió un viaje hacia un lugar que ya no recuerda. Lo que vieron sus ojos fue demasiado extraordinario como para que su mente pudiera comprenderlo, por lo que se convierte en un recuerdo que se disipa como un sueño.

Spectrum se pone de pie, ajusta la temperatura de la habitación para que fuera más fresco y con diligencia, le sirve un vaso de agua a Teresa. La dama trata de ponerse de pie, mientras el agente le asiste. La encamina hacia la cama que tiene cerca para que descanse. Aprovecha para retirarse de la habitación mientras la deja en la cama, pero Teresa lo llama:

— Quédese.

— Necesita descansar, señorita Sadler.

— Quédese, por favor — insiste Teresa, suavizando su voz.

La dama se levanta y se queda sentada al borde de la cama. Spectrum alcanza a ver cómo sus ojos se

---

cantidad de energía.

humedecen. El agente lanza un pequeño suspiro y tras pensarlo unos segundos, decide acompañarla. Suavemente toma asiento en la cama al lado de Teresa, quien lentamente se inclina hacia su hombro. El agente siente algunas gotas de lágrima cayendo sobre sus pantalones y un ligero gemido de parte de Teresa.

— ¿Es esta mi recompensa por querer hacer la diferencia, ser el blanco de otros? — se pregunta Teresa. — ¿Este es mi premio por querer alejarme de la sombra de mi padre y hacer mi propio nombre?

Spectrum permanece en silencio, tan solo la acompaña y respeta su desahogo.

— Cada mañana cuando me levanto, me miro al espejo y trato de convencerme a mí misma de que soy fuerte, que soy capaz y que no necesito a nadie — dice Teresa. — Pero si le soy totalmente honesta, jamás en mi vida me había sentido tan aterrada.

Teresa finalmente deja de contenerse y exterioriza su llanto. Inconscientemente, se aferra más al hombro de Spectrum hasta sostener su brazo, sintiendo cierta protección en él.

— Lo que usted siente, señorita Sadler… es un privilegio — dice Spectrum.

— ¿Qué quiere decir? — pregunta Teresa, confundida.

— El ser humano cree que emociones como el miedo y la valentía, el amor y el odio o la alegría y el luto son opuestas, lo que no entiende es que todas se alimentan de una misma bendición, que es a la vez una maldición: el privilegio de sentir — dice Spectrum.

— ¿Cómo espera que encuentre algún consuelo en esas palabras?

— No recuerdo la última vez que de manera genuina haya sentido miedo. De hecho, no recuerdo la última vez que de manera genuina haya sentido algo. Es como si estos sentimientos pasaran por mi mente, pero no puedo asumirlos del todo. Veo estas emociones de lejos como un observador ve un catálogo en una revista. Como si me volviera selectivo en lo que pudiera sentir, en lugar de dejarme arropar por ello — continúa Spectrum. — El hecho de que usted reconozca estar aterrada y a pesar de ello siga mirándose en un espejo, es la señal de una persona que deja de creerse la estrella de una película y acepta la situación en la que se encuentra. Y eso, señorita Sadler, la hace a usted una de las mujeres más valientes que haya conocido.

Teresa se toma su tiempo para asimilar lo que acaba de escuchar. Lentamente deja de llorar y va secando sus lágrimas mientras recompone su postura.

— Creo que puedo seguir con eso, señor Spectrum — responde Teresa, con una sincera sonrisa que ligeramente se le dibuja en sus labios.

— Estoy seguro de que sí — dice Dany, a quien también se le sale media sonrisa.

Teresa permite que Dany se retire, y este a su vez, permite que la dama descanse. Al salir de la habitación, el agente cierra la puerta con cuidado. En ese momento, el sacerdote le llama para que suba a cubierta. Aparentemente, algo extraño ocurre en el agua.

13. ILUSIÓN DEMENCIAL

El agente Spectrum sube a cubierta y se dirige a la cabina del capitán, donde le acompaña el sacerdote. Una extraña neblina impide visualizar el panorama, algo inusual para el clima cálido que había hace unos minutos. Dany no tardó mucho para percatarse de algo extraño que ocurría en el mar. A medida que la neblina se va despejando por donde avanzan, se observa cómo el agua se ha tornado roja. Uno de los ayudantes del capitán se acerca al timón, con sus manos y parte de su ropa manchadas en rojo. *"Es sangre"*, dice el ayudante. Mientras más se despeja la neblina, mayor visión tienen para darse cuenta de que toda el agua del océano se ha convertido en sangre.

A pesar de que iban a una velocidad moderada, el capitán sintió el yate más pesado. Como si el mar se hubiese vuelto más espeso y estuvieran avanzando lento. Spectrum entra a la cabina del capitán y verifica que detuvo el yate, se reúne con este para investigar lo que sucede. Suzan también entra a la cabina del capitán y le pregunta al agente lo que está pasando.

— Le recomiendo que baje a la habitación con la señorita Sadler y cierre la puerta — le dice el agente.

Suzan sigue las instrucciones del agente, mientras se aparta asustada. Mientras tanto, el sacerdote llama al agente para confirmar si tiene la misma sospecha de su hijo:

— ¿Crees que eso sea obra de un centinela? — pregunta el sacerdote.

— Si, y creo saber de cuál.

— ¡Hay algo en el agua! — exclama uno de los tripulantes, quien mira al frente con sus binoculares.

A lo lejos y emergiendo de la neblina, alcanzan a ver lo que parece ser la silueta de una persona. Todos los tripulantes alcanzan a ver lo mismo, cada uno dudando de su propia cordura por lo que estaban atestiguando. Se trata de otro centinela, caminando sobre el agua y avanzando con calma en dirección al yate.

— Es el centinela ilusionista — dice Spectrum. — Lo que significa que nada de esto es real y no debería ser un problema para mí, pero por alguna razón, todos estamos viendo la misma ilusión.

— No te confíes — le advierte el sacerdote. — Leí sobre él y por lo que pude ver, es el más poderoso de los centinelas. Sus proyecciones no son individuales, son colectivas. Si las mentes de las personas alrededor creen que lo que ven es real, se hará realidad para todos nosotros. Por lo tanto, todo lo que imaginen nos podrá hacer daño. Tus ojos no nos servirán aquí.

— De acuerdo, eso sí será un problema.

En ese momento, mientras el centinela camina sobre el agua, junta sus manos y extiende sus brazos. A medida que va separando sus palmas, todos en el yate se estremecen con la feroz agitación del agua. Spectrum y el sacerdote alcanzan a ver una línea recta que se va formando en el océano, la cual se hace cada vez más ancha. El capitán y los demás tripulantes del barco se quedan aterrorizados, al ver cómo el mar de sangre se va abriendo en dos.

Al ver que el capitán se ha quedado estupefacto ante lo que está sucediendo, Spectrum decide sacarlo de la cabina y asumir la navegación del yate. Una vez que toma el timón, se desplaza rápidamente hacia la derecha, para alejarse de la grieta que se está formando en medio del océano.

— ¡Dany, cuidado hacia dónde te diriges! — le advierte el sacerdote.

Spectrum mira hacia su derecha, notando que a lo lejos se está formando un centenar de torbellinos, incrementando en tamaño y acercándose en dirección a ellos. Se ve a sí mismo en una situación preocupante, pues por un lado, el mar se sigue abriendo de par en par, por el otro, los torbellinos se acercan. Pensando rápido, el agente gira el timón y redirecciona el yate a la izquierda, acercándose más a la apertura del mar.

— ¡¿Qué estás haciendo?! — le pregunta el sacerdote.

— Si nada de esto es real, las leyes de la física aplican diferente para nosotros.

En una maniobra improvisada, el agente aumenta la velocidad y se adentra hacia el vacío. En lugar de caer, el yate continuó navegando sobre una de las dos caras del mar abierto, quedando en medio de ambas aguas. Nadie se ha caído ni ha salido herido, por lo que la improvisación fue acertada. En sus años de servicio, ni siquiera el sacerdote había sido testigo de semejante locura, la cual se va poniendo peor.

Lentamente, la parte superior del mar se va cerrando, dejando a los tripulantes encerrados en un túnel infinito de un mar de sangre. De repente, una lluvia de feroces relámpagos se descarga de un extremo del mar al otro, forzando al agente a desplazarse de un lado a otro para evadir los rayos. En el centro de todo el caos, emerge el centinela ilusionista, levitando en el aire con sus brazos alzados. De pronto, escuchan el espeluznante rugido de una bestia y unos tentáculos de fuego ascienden para atacar a los tripulantes.

— ¡Papá, ve a ver si Teresa y Suzan están bien! — le ordena Spectrum, priorizando su misión ante todo.

En medio de los turbulentos ataques, el sacerdote trata de abrirse camino para llegar a las cabinas inferiores del yate. Tambaleándose, empapado, resbalando y arrastrándose como puede, llega a la puerta de la habitación, donde deberían encontrarse las damas. Al entrar apresurado, nota un cambio de ambiente tan diferente que parece una broma.

Mientras que afuera se desata un caótico infierno, en la recámara de Teresa alberga una paz sepulcral. El sacerdote tan solo ve a la joven Suzan sentada al lado de la señorita Sadler, quien duerme como si no lo hubiera hecho en años. Dentro de la habitación, no se escuchan los relámpagos ni se sienten las turbulentas maniobras del yate. Suzan mira al sacerdote sintiéndose confundida.

— ¿Está todo en orden, padre? — pregunta Suzan. — Lo veo exaltado.

Quedándose estupefacto, el sacerdote ni siquiera responde y empieza a dar vueltas por la habitación, tratando de descifrar este fenómeno. En ese momento, se fija en Teresa, quien está bien cómoda entre sus sábanas y almohadas, desconectada de los problemas.

— ¡Eso es! — exclama el sacerdote.

Suzan le arroja una mirada amenazante, pues su grito casi despierta a la señorita Sadler. El sacerdote se disculpa y corre rápidamente hacia la mochila que había dejado cerca de la mesa del centro. Empieza a buscar entre sus utensilios y artefactos, hasta encontrar una pequeña granada, capaz de emitir un gas somnífero no letal. Lo toma junto con un par de mascarillas y sale disparado de la habitación para volver con el agente.

Una vez que sube, encuentra a Spectrum luchando contra una docena de esqueletos vivientes que emergen de las profundidades y van escalando el yate. Los demás tripulantes, incluyendo a los mayordomos y al mismo capitán, tratan de defenderse de estas criaturas por igual.

— ¡Dany, ya lo tengo! ¡Ven aquí!

— ¡Como verás, estoy un poco ocupado! — le responde Spectrum, repartiendo puñetazos a los esqueletos.

— ¡Es la consciencia! — le explica el sacerdote a lo lejos. — ¡Si los demás no están conscientes, la ilusión no nos afectará! ¡Hay que dormirlos!

En ese instante, el sacerdote le arroja a Dany una de las mascarillas. Este se desliza por el suelo, esquivando a sus atacantes para alcanzar la mascarilla. Rápidamente se la coloca, mientras el sacerdote prepara la granada para dormirlos a todos. De repente, un fuerte golpe sacude a todo el yate, haciendo que se le cayera la granada y esta empezara a rodar por el suelo. A medida que el sacerdote trata de alcanzar el artefacto, Spectrum se fija en cómo las aguas se van convirtiendo en hielo. Esto hace que el yate disminuya su velocidad.

Lo que más le preocupa a los tripulantes, es que el otro extremo del océano que se encuentra encima de ellos también se está congelando. Trozos de hielo se van desprendiendo desde las alturas, cayendo sobre el yate. La situación empeora cuando los dos extremos del mar se van acercando. La salida está sellada, por lo que están a punto de ser aplastados.

El sacerdote finalmente alcanza la granada, la activa con urgencia e inmediatamente la arroja al suelo. Padre e hijo se colocan sus mascarillas y se mantienen juntos. Mientras tanto, el gas somnífero brota del suelo, rodeando toda la cubierta del yate. Tanto el capitán como sus asistentes y mayordomos, caen inconscientes. En ese momento, todo se detiene. Los trozos de hielo permanecen suspendidos en el aire, los relámpagos se quedan inmóviles y los esqueletos vivientes se petrifican. Para el agente y el sacerdote, es como si alguien hubiese presionado el botón de pausa a toda la ilusión.

A lo lejos, se visualiza una fragmentación del panorama. Una serie de grietas que se amplían rápidamente, como un espejo rompiéndose. El encantamiento se deshace y una vez más, se ven a sí mismos a bordo del yate intacto, en medio del mar bajo el brillante sol. Todos los demás tripulantes están dormidos, sanos y salvos.

Por otro lado, justo cuando pensaban bajar la guardia, sienten el yate sacudiéndose nuevamente. El agente saca su arma y apunta hacia la proa, donde los acecha el centinela ilusionista. Conservando su postura, Spectrum se quita sus gafas y se las pasa a su padre, mientras clava sus ojos en el centinela con una mirada retadora.

— Una vez más, puedo ver tu mentira — dice Spectrum, con aire de superioridad.

El centinela empieza a caminar en dirección al agente, mientras este le dispara. Va alternando de munición para dar con las balas celestiales en su recámara. Justo en ese instante, el centinela se adelanta y sostiene el brazo del agente. Ambos empiezan a luchar cuerpo a cuerpo ferozmente. En la medida que Dany bloquea sus ataques, puede reconocer los movimientos de su oponente. Tanto el agente como el centinela se defienden utilizando *Krav magá*[6], con una precisión sorprendentemente similar.

La confrontación los termina empujando a ambos al agua y aun así, continúan luchando. A medida que se hunden, el centinela trata de sostener a Spectrum por el

---

[6] Krav magá: sistema de lucha y defensa personal utilizado por las Fuerzas de Defensa y Seguridad israelíes.

cuello para estrangularlo. En cambio, este le sostiene la cabeza y utiliza sus *Ojos de la Verdad* para conectar con los ojos oscuros de su enemigo. A través de ellos, solo ve fuego y tinieblas, un canal de agujeros negros en medio del cosmos que conforman un universo muerto y vacío. Escucha el eco de llantos de furia, traición y manipulación. Detrás de todo el manto de humo que contamina su alma, alcanza a ver una esencia que le es familiar.

El centinela recapacita y empuja al agente de una patada. Sin mostrar resistencia, el demonio se deja sumergir y desaparece en medio de las profundidades, dejando a Spectrum solo. En ese momento, se reincorpora y nada de vuelta a la superficie. Su padre lo espera en el yate, arrojándole un salvavidas para ayudarlo a subir. Una vez a bordo, el sacerdote lo cubre con una toalla y lo ayuda a tomar asiento. En los años que su hijo tiene como agente romano, nunca lo había visto tan fatigado como en ese momento.

— ¿Estás bien? — pregunta el sacerdote.

— Necesito descansar — dice Spectrum.

Oficialmente, el sacerdote estaba preocupado. Es la primera vez en años que Spectrum expresa su deseo de descansar. Intuye que podría tratarse del uso excesivo que le ha dado a su visión, una de ellas aplicándola sobre un demonio de alta categoría. De manera oportuna, Suzan sube para ver que todo estuviera en orden, totalmente ajena a lo ocurrido. Se sorprende al ver a toda la tripulación inconsciente, con la excepción del agente y el sacerdote.

— Señorita Suzan, estas personas podrían despertar dentro de unos minutos. Favor de asistirles en lo que necesiten — le instruye el sacerdote.

Mientras tanto, este ayuda a su hijo a bajar las escaleras, hasta llegar a uno de los dormitorios. El sacerdote lo ayuda a quitarse la ropa mojada, lo deja descansando en la cama, apaga la luz y se retira. Los minutos se convierten en una, en dos y en tres horas. Tras una larga siesta, Dany finalmente se reincorpora. Siente como si no había dormido bien en décadas y que este descanso fue como despertar de una criogenización[7].

Toma asiento al borde de su cama y alcanza su teléfono que está en la mesa de al lado. Entra al sistema del Triángulo para saciar su curiosidad, pues lo que vio en el centinela ilusionista fue algo mucho más peculiar que lo que haya visto en cualquier demonio. Dentro del sistema, accede a los archivos del personal que ha servido para el RS-Tolquen. En la lista de los agentes fallecidos, encuentra una pequeña biografía de su antiguo compañero: Alex Vanter, el Agente III.

Alex Vanter, nacido en Madison, Wisconsin, el 15 de abril de 1985, hijo de Margaret Williams y Frederick Vanter. Durante su infancia asistió a su familia en el negocio del espectáculo privado. Su padre era ilusionista y co-dueño del circo *The Vanter Brothers*, junto a su tío Benedict Vanter. El circo cerró en 1998, cuando su padre falleció en un acto de magia, tratando

---

[7] Criogenización: preservación de un ser vivo a una baja temperatura, para ser despertado en la posteridad.

de salir de un estanque de agua encadenado.

Tras finalizar sus estudios, se unió al Cuerpo de Marines de los Estados Unidos en 2001, donde sirvió durante seis años. En el 2007 fue reclutado por la I.P.I.A., siendo promovido como Agente Romano a mediados del 2008, sirviendo como compañero del Agente V, Dany Spectrum...

Según el informe, el agente Vanter falleció en el 2010 por razones misteriosas, pero Dany sabe que la información no aparecerá completa en estos archivos. Por desgracia, sabe que su compañero también fue parte del *Proyecto Visión* y fue uno de los agentes que no sobrevivió al experimento. Nadie nunca le dijo qué hicieron con su cuerpo, pero había escuchado rumores de que el mismo había sido secuestrado por demo-terroristas, una locura que nunca creyó, hasta ahora.

Recuerda cómo en aquellos días se había opuesto a que Alex se ofreciera como voluntario. Dany tenía sus razones, pero no entendía las de su compañero. Lo último que recuerda haber escuchado de él fue cuando dijo: *"Tengo que hacerlo, ella me prometió que funcionará"*, unas palabras que al día de hoy todavía no comprende.

14. LA MADRE

El grupo llega al pueblo de Castelsardo, Cerdeña, cerca del mediodía. Por recomendación de Spectrum, el sacerdote se queda esperando en el puerto. Mientras tanto, el agente escolta a Teresa y a Suzan por las estrechas calles del pueblo, circulando las hermosas casas, tiendas y restaurantes que van ascendiendo hacia la colina.

Llegan a una espectacular casa de veraneo de dos pisos, ubicada por uno de los bordes de la gran colina, con un balcón decorado con una piscina y vista a todo el pueblo. Allí son recibidos amablemente por la ama de llaves, quien se muestra hospitalaria, haciendo que sus invitados se sintieran cómodos. Toman asiento en la sala para visitas, donde se les brinda una diversidad de tragos de la bóveda personal del dueño de la casa. Mientras que las damas se sienten como en casa, Spectrum se mantiene alerta.

— Relájese, señor Spectrum, el líder platino de esta compañía es como un padre para mí, confío en él — dice Teresa.

— Confío en su juicio, señorita Sadler — dice Spectrum.

—Ansío conocer al líder de su organización. Personalmente, tengo muchas dudas que quisiera aclarar.

—Conociéndolo, estoy segura de que él será completamente transparente con usted.

Minutos más tarde, la ama de llaves se reintegra a la sala y se acerca a los invitados.

—Estimados, el señor Golbum los recibirá ahora, acaba de finalizar su reunión con unos inversionistas — les dice la señora.

Subiendo las anchas escaleras, llegan hasta el balcón de la casa. Alcanzan a ver al señor Golbum de espaldas, sentado en la mesa junto a la piscina. El mismo se pone de pie y se despide de los caballeros con los que entablaba su reunión. A medida que estos se retiran, Teresa y Suzan se acercan, con Spectrum detrás de ellas. El señor Golbum se da vuelta y recibe a las damas con un fuerte abrazo. Por otro lado, Spectrum reconoce al hombre delgado y barbudo. Baja ligeramente sus gafas para confirmar sus sospechas. En efecto, el líder platino de la compañía no es más que el mismo Azazel.

Por su parte, Azazel se fija en Spectrum y también lo reconoce, pero no dice nada. En este momento, ambos enemigos mortales deciden guardar las apariencias, mientras Teresa y Suzan se sientan junto a él, en total ignorancia de la situación. Aparentemente, la señorita Sadler no tenía conocimiento de que el hombre que tiene al frente fue el principal responsable de su secuestro en Transilvania.

—Señor Golbum, este es el señor White — dice Teresa, tratando inocentemente de mantener la cobertura de Spectrum. — Nos ha traído a salvo hasta aquí.

—Señor White, es todo un placer. Teresa es como una hija para mí — dice Azazel, mientras le estrecha la mano.

—El placer es todo mío, señor Golbum — dice

Spectrum, con un sarcasmo que solo Azazel pudo detectar.

El agente se relaja y toma asiento junto con las damas. Se queda mirando a su enemigo como un lobo acecha a su presa. Azazel, en cambio, trata de ignorarlo.

—Supe que tuviste una excelente gira este mes, Teresa — comenta Azazel.

—Totalmente, ha sido más productiva de lo que anticipamos, a pesar de algunos inconvenientes — dice Teresa. — Tuvimos inscripciones de…

—Disculpe mi insistencia, señor Golbum — dice Spectrum, interrumpiendo a Teresa de forma grosera. — Tengo muchas dudas que ansiaba aclarar con usted sobre la compañía.

—Por supuesto — dice Azazel. — ¿Tiene algún interés en nuestro modelo de negocio?

—Más bien en el producto milagroso que ustedes promueven — dice Spectrum. — ¿Cuál es el secreto para que el mismo sea tan efectivo?

—Bueno — dice Azazel, tras una pequeña risa de incomodidad. — Como verá, todos los componentes de nuestro producto son de conocimiento público. No hay un secreto como tal.

—¿Y qué me puede decir de las últimas investigaciones del Dr. Jimmy Boseman que nunca se publicaron? — pregunta Spectrum de forma inquisitiva.

—Señor White, ¿a dónde quiere llegar con esto? — le pregunta Teresa, sintiéndose incómoda.

—Tranquila, Teresa — dice Azazel. — La duda que tiene nuestro invitado es totalmente válida. De hecho, se lo mostraré.

Azazel señala hacia la casa, detrás de Spectrum. Con cautela, el agente se pone de pie y se da vuelta. Al otro lado de la piscina, encuentra a Jessica, al señor Craig y a su padre, de rodillas y con las manos atadas. Detrás de cada uno de ellos, se encuentran los tres centinelas.

— Ahora, señor Spectrum, me dirá lo que su agencia sabe de nuestra operación o prepárese para ver morir a su equipo — le advierte Azazel.

Spectrum se ve a sí mismo en desventaja. Si alega ignorancia, no le va a creer, por lo que podría provocarlo y su equipo sería ejecutado. Por otro lado, si alardea lo que sabe, podría verse en una posición para negociar, pero esto también podría representar una amenaza. Mientras tanto, Teresa y Suzan se muestran confundidas y aterradas con lo que está ocurriendo.

— Si los dejas ir, te diré lo que he visto — dice Spectrum.

— Puedo darme cuenta de que ya has visto demasiado — dice Azazel. — ¿Qué le has dicho a tus superiores ya?

— Puede que ya les haya informado todo, como puede que no. ¿Vas a correr ese riesgo? — pregunta Spectrum.

— Ahora déjalos ir.

Azazel piensa por unos segundos, mientras observa a Dany detenidamente. No se muestra del todo convencido ante lo que podría ser un engaño. De repente, este se olvida del agente e intercambia miradas con Teresa. Al agente esto le resulta extraño, pues Azazel mira a la señorita Sadler como si esperara que le dijeran algo. Su enemigo se vuelve a fijar en el agente y con firmeza le dice:

— Con eso no me basta.

Azazel da la orden asentando con su mirada, a lo que el centinela transitor toma al señor Craig y le arranca la cabeza, dejando que el cuerpo decore la piscina con su sangre. Jessica y el sacerdote se estremecen y se ven horrorizados por la pérdida de su compañero.

— Ahora, dime algo que sí quiera escuchar — dice Azazel.

Spectrum se muestra pensativo, observando el cuerpo de su colega caído. De manera improvisada, el agente saca su revólver, apuntando nada más y nada menos que a la señorita Sadler.

— ¡Se ha vuelto loco! — le reclama Suzan.

— De acuerdo, escalemos esto, ¿te parece? — dice Spectrum. — Claramente tus centinelas necesitan a la señorita Sadler para su ritual, así que hagamos esto: suelta a mi equipo o toda su operación se irá con ella.

— Interesante manera de renegociar, Spectrum — dice Azazel. — Solo tenemos un inconveniente con esa propuesta.

— Ilumíname, por favor — dice Spectrum, conservando su serenidad, como si de verdad estuviera dispuesto a jalar el gatillo contra Teresa.

— Los centinelas no siguen mis órdenes, no tengo control sobre ellos — dice Azazel.

En ese momento, el centinela invocador toma a Jessica y con un movimiento súbito, le rompe el cuello. El sacerdote grita en dolor mientras ve el cuerpo de su amiga ser tirado a la piscina junto a Craig. Sin poder contener sus lágrimas, este empieza a temblar. Por su parte, Azazel observa con fascinación a Spectrum, esperando ver alguna reacción de su parte. El agente guarda silencio mientras observa y asimila la pérdida de Jessica. Lentamente deja de apuntar a Teresa y baja su arma.

— Azazel — dice Spectrum. — Si tocas al otro miembro de mi equipo, en nombre del Triángulo, no habrá rincón en el infierno donde no pueda encontrarte.

— ¿Eso es lo que son para ti, simples miembros de tu equipo? — pregunta Azazel con ironía.

El agente Spectrum se quita sus gafas y mira a su padre directo a los ojos. Este por igual, fija su mirada en su hijo. El sacerdote deja de llorar, trata de retomar la calma y toma una respiración profunda, mientras el centinela ilusionista se acerca por detrás. Sin decir una palabra, se despide de Dany. El centinela toma su cuello para proceder con su ejecución.

— Deténganse.

El centinela para su ejecución. Aquella orden no vino de Azazel, la misma fue dada por una voz femenina. En ese momento, Teresa Sadler le pasa por el lado al agente. Mientras camina en dirección a los centinelas, estos se forman y se arrodillan ante la dama.

— Tú… — suspira Spectrum, tratando de comprender lo que está sucediendo.

— Como te dije, los centinelas no siguen mis órdenes — dice Azazel.

En una fracción de segundos, Spectrum trata de unir los cabos en su cabeza, sin terminar de entender del todo. Llegando a una breve conclusión, se dirige a la señorita Sadler.

— No estaban tratando de capturarte — dice Spectrum.

— Estaban tratando de protegerte… de mí.

— Muy perspicaz de tu parte, Dany — dice la señorita Sadler. — ¿De verdad creíste que fue una coincidencia que esta tarea te fuera asignada a ti?

— ¿Por qué, Teresa? — pregunta Spectrum. — Es lo único que me interesa saber ahora.

— Querido Dany, Teresa me pertenece desde aquella noche en Transilvania — responde la mujer, mientras saborea el momento. — Yo soy la Condesa Lilíth, la mujer de la noche y madre de los centinelas.

Los ojos de esta mujer se tornan morados, su cabello se torna plateado y sobre su cabeza emerge un aura roja que toma la forma de cuernos transparentes. Los centinelas se ponen de pie y se forman con disciplina detrás de su madre, quien levita levemente sobre el agua.

— Muy bien, Lilíth, lograste engañarme, al igual que a Safín, a Torlem y a Alex — dice Spectrum. — Todo esto parece muy elaborado de tu parte solo para tenerme aquí, así que dime de una buena vez qué quieres de mí.

Lilíth suelta una carcajada tras el comentario del agente, para luego contestarle:

— Tranquilo, tengo planes muy especiales para ti.

En ese instante, a una gran velocidad, Azazel se desplaza y se coloca detrás del agente Spectrum. El demonio le proporciona un fuerte golpe en la nuca, dejándolo inconsciente.

15. MAEHEXY ASTRID

El agente Spectrum abre sus ojos. Se ve a sí mismo en medio de un cuarto oscuro, atado a un tronco en el centro y sin camiseta. Examina su entorno y al fondo ve a dos fornidos minotauros, vigilando. Escucha una puerta de hierro abrirse detrás de él y los pasos de una mujer en tacones. Se trata de Lilíth, en compañía de Azazel, quienes se le paran al frente. La madre de los centinelas admira la atlética figura de Dany, como si hubiese sido un trofeo difícil de ganar.

— ¿Cómo lo hiciste? — pregunta Spectrum. — Vi a través de tu alma, ¿cómo es que nunca pude detectar tu presencia?

— Siempre directo para saciar tu curiosidad — responde Lilíth. — Te enfocaste tanto en buscar el mal a través del alma de Teresa, que nunca viste que estuve delante de ti todo el tiempo.

— Los efectos secundarios del CI-23, ahora lo entiendo — infiere Spectrum. — No te adueñaste del alma de

Teresa, te adueñaste de su cuerpo. Reemplazaste la posesión astral por una biológica a través del suplemento, indetectable ante ojos como los míos.

—Tus *Ojos de la Verdad* representaban un gran inconveniente para nuestra operación, pero finalmente encontré la forma de engañar al gran Dany Spectrum —dice Lilíth, con orgullo.

—¿Una inversión tan grande pensada para mí? Me halagas —dice Spectrum.

—No te creas tan valioso, cariño —dice Lilíth. —No eres más que una pequeña gota bailando en un tsunami.

—¿Qué hiciste con mi padre? —pregunta Spectrum.

—No te preocupes, a él le irá mejor que a ti, a menos que estés dispuesto a aceptar mi oferta.

—Lo siento, señorita, los negocios multinivel no son lo mío.

Azazel le proporciona un derechazo entre sus costillas. Spectrum siente que le acaban de sacar todo el aire, pero lo resiste. Rápidamente recupera su postura.

—Dany, Dany... —susurra Lilíth. —Te he observado desde mundos en los que ni siquiera habías nacido todavía. Siempre he estado fascinado con tu perfil, pero siempre me irritaba el hecho de que no pudiera encontrar tu debilidad... Hasta ahora.

—Te felicito, Lilíth, desbloqueaste un nuevo método de tortura: hablar mierda hasta que me muera —dice Spectrum.

Azazel lo golpea en el centro del estómago, dejándolo nuevamente sin aliento por varios segundos.

—Durante toda tu vida has luchado en batallas que para ti son insignificantes ante la trascendencia del universo mismo —dice Lilíth. —Has visto tanto que has perdido perspectiva sobre la importancia de lo pequeño. No fue sino hasta que me acerqué a ti que finalmente pude entender qué es lo que más anhelas… El privilegio de volver a sentir.

— Déjame adivinar, estás dispuesta a ofrecerme eso — dice Spectrum. — Para eso es que me quieres… Quieres que sea tu cuarto centinela.

— Veo que lo estás entendiendo — dice Lilíth. — Tu amigo Alex también lo entendió en su momento.

Spectrum baja levemente la mirada y guarda silencio tras este último comentario. Lilíth siente curiosidad por ver si la mención de su compañero lo podría provocar de alguna forma. Lentamente, Dany retorna su mirada a Lilíth y habla:

— Solo tengo una pregunta… — dice el agente, con la total serenidad que le caracteriza. — ¿El puesto incluye seguro dental?

Azazel le revienta la cara con otro golpe. Casi lo deja noqueado, pero el agente se resiste y recupera su compostura.

— Podrás burlarte todo lo que quieras, Dany — dice Lilíth, mirándolo de arriba abajo con fascinación. — Pero no me digas que no sacrificarías todo solo por la oportunidad de llorar a Jessica como se debe, o al señor Craig. No me digas que en ese último instante en que pensaste que perderías a tu padre, no hubieses querido expresar algo genuinamente humano. El privilegio de sentir dolor nuevamente supera la frialdad que ha arropado tu corazón y lo sabes.

Lilíth no dice una palabra más, al ver que este último comentario no recibe ninguna respuesta ingeniosa de parte de Dany. La dama se retira y camina hasta la salida, dejando a su prisionero con la mirada baja.

— Azazel, tarde o temprano caerá — dice Lilíth. — Mientras tanto, es todo tuyo.

A medida que ella sale, entra al cuarto lo que

parece ser un anciano encorvado, cubierto con una capucha y cargando un maletín. Con el cuerpo adolorido y el rostro sangrando, el agente trata de mantener la frente en alto y mira a su enemigo a los ojos. Azazel se prepara para disfrutar este momento.

— Te conozco demasiado bien como para acudir a métodos de tortura convencionales, así que decidí ponerme creativo — dice Azazel.

El anciano encapuchado coloca el maletín sobre una mesa de la esquina. Azazel se dirige al maletín para abrirlo, donde encuentra una variedad de instrumentos afilados, los cuales brillan con un aura roja.

— Cuchillas astrales — explica Azazel. — A medida que una de estas navajas penetra tu piel, van desgarrando trozos de tu alma lentamente, hasta que ya no quede nada de ti.

— Veo que esta vez te has esmerado — dice Spectrum, fingiendo estar impresionado.

— Di lo que quieras, yo sé que disfrutaré cada segundo de esto — dice Azazel.

— … Mi señor — le interrumpe el anciano.

— ¿Qué quieres? — pregunta Azazel.

— Le recomiendo empezar con este, sé que lo disfrutará — dice el encapuchado, extendiendo su mano sosteniendo una esfera plateada.

De repente, la esfera se abre y emite una ráfaga que enceguece a Azazel y a los minotauros presentes. Quien aparenta ser un anciano encorvado asume una postura recta, saca su escopeta y se quita la capucha. El ex-agente de la C.I.A., Noel Lockward, ha vuelto.

Con urgencia, Noel corre hacia Spectrum para desatarlo, no sin antes colocarle de nuevo sus gafas oscuras. Ambos salen de la mazmorra hacia lo que aparenta ser un pequeño laberinto. Por fortuna, Noel colocó pequeños artefactos en algunas paredes, para recordar el camino. De repente, escuchan una manada de perros venir detrás de ellos. A medida que se aproximan, ven que no son perros ordinarios. Son bestias de dos cabezas, dientes afilados como espadas y colas de fuego.

Noel dispara su escopeta contra las criaturas, estas caen pero vuelven a levantarse inmediatamente. Ambos corren hacia unas escaleras que los sacaría del laberinto. Mientras se aproximan a la salida, Noel saca un control remoto, presionando el botón y haciendo estallar los explosivos repartidos por las esquinas. De esa manera, logra sellar el calabozo y a las bestias que los perseguían.

Las escaleras que parecían interminables, los conducen al patio de la casa del señor Golbum. Se encuentran en medio de la tarde en plena puesta de sol, todo parece estar despejado. Tan pronto intentan emprender la huída, se ven acorralados por sombras que emergen del suelo. Las mismas toman forma humanoide, con armas de fuego y lanzas bien afiladas.

— De acuerdo, ¿cuál es el plan? — pregunta Spectrum.

— Mi plan era sacarte de aquí y punto — dice Noel.

— ¿No anticipaste que podrían estar preparados por si alguien intentaba escapar? — pregunta Spectrum.

— Dame un poco de crédito, esto fue improvisado — dice Noel. — Deberías agradecer que vine después de que hicieras que me arrestaran.

— Ahora deberían arrestarte por idiota, no tenemos a dónde ir — dice Spectrum.

— ¡Alto! La Condesa Lilíth los quiere con vida — exclama una voz femenina.

Suzan, la asistente de Teresa y quien parece estar involucrada, pasa al frente. Los atacantes se detienen y dan un paso atrás, respetando la autoridad de la dama.

— Debería estar agradecido por la oportunidad que le

están dando, señor Spectrum — dice Suzan. — Si fueran sabios, se arrodillarían.

— Dame una buena razón para hacerlo ahora — dice Spectrum.

— Insisto, Dany… arrodíllense.

Suzan enfatiza esta petición, dándole una mirada sugestiva y pícara al agente. Spectrum ve rápidamente sus ojos y capta su mensaje.

— ¡Noel, abajo! — le grita Spectrum.

Dany y Noel se tiran al suelo. Suzan saca un látigo rojo electrificado, lo azota a su alrededor y termina cortando a todos los enemigos por la mitad. De repente, la ropa de Suzan se transforma en un traje de cuero negro, surge un antifaz que le cubre hasta sus labios y su cabello rojo ardiente se extiende hasta su cintura. Flamante, sensual e imponente, la asistente resulta ser la misteriosa mujer con quien Spectrum se había cruzado.

— Vengan conmigo, si quieren vivir — dice la dama.

— Lo que tú digas, *Sarah Connor* — dice Spectrum.

Los tres se dirigen al garaje de la casa. Al abrir la puerta para entrar, encuentran una motocicleta. El resto de los vehículos está desmantelado.

— Solo hay una — dice Spectrum. — Lo siento, Noel, supongo que tendrás que irte a pie.

— Tranquilos, ese es para ustedes dos — dice la mujer.

— Yo manejo mi propio transporte.

Del traje de la dama se extiende una proyección oscura, como la revelación de una fotografía que luego se torna tridimensional. La misma se solidifica y adquiere la forma de una motocicleta. La mujer se sube a su vehículo sin inconveniente alguno y lo enciende. Por su parte, Dany toma el manillar de la otra motocicleta y Noel se sienta atrás. El grupo emprende la huida abandonando la residencia.

Rápidamente descienden la colina. Son perseguidos por una legión de gárgolas de alas inmensas, garras cortantes y colmillos hambrientos de carne. Spectrum, Noel y la misteriosa mujer llegan al pueblo, tratando de perder a las criaturas entre las plazas y las calles de Castelsardo. Noel trata de dispararle a lo que puede, mientras los habitantes del pueblo huyen despavoridos y tropiezan entre ellos.

La huida los lleva hasta el puerto, deteniéndose frente al agua. Justo cuando están a punto de ser acorralados, la misteriosa mujer saca una ballesta. Dispara hacia el cielo una flecha con una parpadeante luz azul. La flecha emite un sonido que atrae a las bestias hasta las alturas. Una vez que todas se reúnen, la flecha estalla, emitiendo una llama azul que extermina a todas las criaturas. Habiendo eliminado el problema, la dama se desmonta de su motocicleta y esta se desvanece.

— Hay que irnos — dice la dama, mientras camina en dirección al muelle.

— Escucha, te agradecemos la ayuda allá arriba, pero si esperas que confiemos en ti, necesitaremos un poco más de transparencia — dice Spectrum.

— Soy Maehexy Astrid, no soy su aliada, pero dado que tenemos intereses comunes, nos vendría bien colaborar — dice Maehexy.

— Te envía la W.S.S., supongo — dice Spectrum.

— ¿La W.S.S.? — pregunta Noel.

— Sociedad Secreta de Brujas (*Witches Secret Society*) — dice Maehexy.

— ¿En serio eres una bruja? — pregunta Noel.

— No hay tiempo que perder, Lilíth está a punto de entrar a la siguiente fase de su plan y mi cobertura se ha comprometido, vámonos ya.

Maehexy presiona el botón de un mando remoto,

llamando a un pequeño submarino que emerge del agua. La escotilla se abre y todos suben abordo. El submarino resulta ser más espacioso de lo que aparenta desde afuera, con un asiento para la piloto, un modesto centro de comunicaciones y un espacio para meditar junto a velas electrónicas. Noel es el último en entrar, al incorporarse, lo recibe Spectrum con una mirada gélida. En ese momento, el joven Lockward recuerda que le había mentido a él y a su equipo, por lo que siente que le debe una explicación.

16. EL PLAN

Maehexy proyecta una réplica de ella misma en el asiento del piloto, manteniendo la navegación del pequeño submarino. Al ver esto, Spectrum pudo deducir cómo ella se las había arreglado para estar en más de un sitio al mismo tiempo. Mientras tanto, la dama camina hasta el fondo, toma asiento en medio del círculo de velas y cruza las piernas. Cerrando sus ojos, empieza a meditar.

— ¿Y ella qué hace? — pregunta Noel, susurrando.

— Recarga su energía mental, por ahora es como si se desconectara de la realidad. Podría picarla una avispa y no lo sentiría — explica Spectrum.

— Entonces de verdad es una bruja, ¿eh? — dice Noel.

— Sip.

— ... Entonces, ¿ella hace magia? — pregunta Noel.

— Bueno, es un poco más complicado que eso — dice Spectrum.

— ¿Hay algo en este mundo tan loco que no lo sea? — pregunta Noel.

— Las agentes de la W.S.S. son mujeres que desde hace siglos han estudiado el inframundo y han tomado su

energía oscura para implementarla a su tecnología —
explica Spectrum. — Lo que tus ojos pueden percibir
como magia, en realidad son nanomáquinas conectadas a
sus mentes que les permiten manipular sus instrumentos
con solo pensarlo. Cada bruja tiene sus métodos para
canalizar la energía: un báculo, una varita o guantes. Por
lo que pude ver, nuestra amiga Maehexy aplica este
método al traje adherido a su cuerpo, del cual puede
invocar cualquier tipo de herramienta, armamento o
transporte.

— Suena tan avanzado que diría que es casi magia — dice
Noel. — ¿Por qué la I.P.I.A. no aplica este método para
sus agentes?

— Hay líneas que de manera oficial la I.P.I.A. no cruza
— dice Spectrum. — Todos entienden que los métodos
de la W.S.S. son un sacrilegio a todo aquello que nos hace
humanos.

— Supongo que tú eres la excepción a esa regla, entonces
— dice Noel.

— Como dije, de manera oficial la I.P.I.A. no cruzaría esa
línea, pero tras bastidores, ya es otra historia.

Spectrum gira su asiento y se coloca al frente de
Noel. Se inclina levemente hacia él, en señal de que tiene
toda su atención, esperando a que el joven Lockward
empezara a hablar.

— Tú, en cambio, cruzaste la línea jugando con mi
confianza — dice Dany. — Ahora explica por qué
mentiste, y si tu explicación no me convence, usaré tu
propia arma contigo.

Noel baja la mirada reconociendo su falta. Sin
tratar de poner más excusas, el joven se sincera y relata
sus razones:

— La última vez que vi a mis padres, yo tenía nueve años.
Recuerdo que estaba en mi habitación y mi madre se me

sentaba al lado mientras me veía jugar a *Uncharted*. Para ella, era como ver una película y yo me sentía como el mejor teniéndola como espectadora. Minutos más tarde, mi madre escuchó que había llegado visita. La vi muy apurada cuando bajó las escaleras, como si supiera que algo andaba mal. Al rato, subió de nuevo a mi habitación, apagó mi consola y me tomó de la mano para encerrarme en el armario. Recuerdo que estaba asustado y no entendía lo que pasaba.

Escuchaba fuertes pasos subiendo las escaleras y entrando a la habitación. No podía ver nada, pero escuchaba unas voces que me aterraron, hablando en un idioma que jamás había escuchado. Mi madre les gritaba *"¡No se lo llevarán!"* una y otra vez. En ese momento, escuché su grito y pude ver una luz blanca entrando debajo de la puerta del armario. Las manos me temblaban, pero después de varios minutos, me atreví a abrir un poco la puerta. Vi la espeluznante figura de una bestia con cuernos y una cola, pero caminaba como un hombre. Vi cómo debajo de sus pies se abrió un círculo de fuego y desapareció. Después de eso, no pude escuchar ni sentir a mis padres. Me quedé encerrado en ese armario durante horas, hasta que llegaron unos hombres vestidos de traje que me encontraron y me sacaron. Nunca supe si eran policías o si me harían daño, pero me llevaron a donde mi tío, quien me terminó criando. Jamás volví a ver a mis padres.

— Entonces ya habías visto a un demonio anteriormente — dice Spectrum.

— Nadie me creía, decían que estaba loco — dice Noel. — Me obligaron a ver a varios psiquiatras y me convencieron de que lo que había visto, era un recuerdo falso para bloquear algún supuesto trauma que tenía. Pero yo sabía lo que había visto. Pasé el resto de mi infancia y mi adolescencia buscando respuestas, ninguna carrera o puesto de trabajo me satisfacía. Cuando me uní a la C.I.A., pensé que eso me abriría las puertas a investigaciones más clandestinas. Poder trabajar desde una plataforma donde tendría acceso a secretos que normalmente los gobiernos no nos cuentan. Transilvania fue mi segunda misión como agente de campo, pero nunca creí que eso me llevaría a algo más oscuro. Cuando vi cómo ese demonio apareció y mató a mi compañero, no sabía qué me aterraba más, si esa aparición o el hecho de que tras todos estos años, finalmente pude ver que no estaba loco. Lo que vi fue real.

— Y eso te llevó a mí — concluye Spectrum.

—Tenía que encontrarte, sabía que de alguna forma podrías ayudarme a saber qué pasó con mis padres. Tuve que inventar todo, que la C.I.A. me había enviado para que te investigara, tuve que falsificar mis datos en el sistema y pretender que seguía trabajando para la agencia. No tenía idea de lo que estaba haciendo, pero no podía dejar pasar esta oportunidad, tenía que hacer algo — dice Noel. — Por eso te seguí de nuevo y volví para sacarte de ahí. No te vas a librar de mí tan fácil.

Noel saca un objeto que Dany reconoce y que le pertenece, su reloj de bolsillo que siempre usa en sus chalecos. Lo había dado por perdido, pero Noel lo recuperó. Sin decir una palabra, Spectrum toma su reloj. Se queda mirándolo fijamente, mientras medita calladamente sobre todo lo que acaba de escuchar. Noel se impacienta, esperando a que Dany le dijera algo.

— Noté que las manecillas no giran, no sé por qué llevas un reloj que no funciona — dice Noel.

— Es un recordatorio que llevo para mí mismo, me lo regaló alguien que se había ganado mi respeto — dice Spectrum. — *Incluso un reloj dañado tiene la razón dos veces al día.*

— Vaya, no imaginé que fueras sentimental — dice Noel.

— Se podría decir que atesoro el poder de la memoria, entre otras cosas — dice Spectrum.

— Entonces, ¿no me vas a disparar con mi propia arma? — pregunta Noel.

— Eres un tonto, Noel — dice Spectrum calmadamente tras suspirar. — Irritante, necio e impertinente... pero veo en ti un deseo ardiente y admirable por encontrar una verdad. No te prometo que estando a mi lado la vayas a encontrar, pero viendo que aún apresándote es imposible deshacerme de ti, respetaré tu voluntad inquebrantable para tolerar tu asistencia.

— No sé si tomar tus palabras como un reproche o una disculpa, pero viniendo de ti, lo tomaré como un insultante cumplido, por lo que me siento honrado — dice Noel, a quien le sale una pequeña sonrisa.

Aquella inocente sonrisa en Noel se disipa lentamente, recordando la gravedad de la situación en la que se encuentran ahora. En un instante de silencio, aprovecha para expresar sus condolencias.

— Lamento lo de tu equipo — dice Noel. — No los conocía bien como tú, pero pude ver que el señor Craig era un hombre dedicado... y que Jessica y tú eran muy cercanos.

— Conocían los riesgos, estuvieron comprometidos con su trabajo hasta el final — dice Spectrum.

A pesar de que puede entender lo que dice, a Noel no deja de incomodarle un poco la frialdad expresada por Spectrum. No puede evitar cuestionar lo que realmente siente.

— ¿Cuándo fue la última vez que sentiste duelo por la pérdida de alguien? — pregunta Noel.

— Cuando entiendes cómo funciona la muerte, dejas de

preocuparte por ella — dice Spectrum. — La ley de conservación afirma que la energía no se crea ni se destruye, solo se transforma. Cuando la energía que conocemos como vida abandona el cuerpo, esta viaja a una de las dos dimensiones que llamamos cielo e infierno. En cambio, a lo que llamamos fantasmas, no son más que concentraciones de energía que no pudieron pasar a ninguno de los dos planos, se quedan vagando en este. La forma podrá cambiar, pero la esencia del ser sigue siendo la misma. En cierto modo, la muerte no existe.

— De acuerdo, definitivamente tu concepto de duelo es inexistente — afirma Noel. — Veo que el sacerdote tenía razón, parece que la fe y la ciencia no estaban tan divorciadas después de todo.

— Bueno, de fe no sé mucho, soy ateo — dice Spectrum.

— Como siempre, tu sentido del humor no deja de sorprenderme — dice Noel, con una ligera risa, la cual se interrumpe al ver a Dany tan serio.

— No estoy bromeando, soy ateo.

— Me estás diciendo que trabajas para una agencia que se enfrenta a demonios, que probablemente hayan interactuado con ángeles, que has visto el cielo y el infierno, ¿y a pesar de todo eso afirmas no creer en Dios? — pregunta Noel, estupefacto.

— Así como lo describes, si.

— Escuché rumores de que le habías visto el rostro al mismo Dios — insiste Noel.

— Los muchachos en la agencia dicen muchas cosas sobre lo que he visto y lo que no, la mayoría son tan ciertas como las frases de Albert Einstein en internet.

— Oye, respeto la opinión de cada quien, pero al menos tengo que escuchar la tuya.

— Mi falta de fe no se debe a ningún inconveniente personal, es solo que me parece ilógico que la humanidad afirme creer en algo que ni siquiera entiende qué es —dice Spectrum. — Creo que antes de hablar sobre la existencia de un Dios, deberíamos determinar qué es. De lo contrario, es como si yo tuviera una opinión sobre la coca de pizza cuando nunca la he probado.

— Esa debe ser la analogía más extraña que haya escuchado jamás — dice Noel. — Aunque de ti ya pocas cosas me sorprenden.

En ese momento, Maehexy finaliza su meditación. Sintiéndose como nueva, se estira lentamente y se reincorpora a la realidad. Camina hacia el costado derecho del submarino, sacando una pantalla que cubre toda la pared. Se despliegan imágenes y diapositivas con información relacionada a sus investigaciones.

— Creo que ya es justo que compartas con nosotros lo que pudiste investigar mientras estabas encubierta — dice Spectrum.

— En gran medida, pude descubrir lo mismo que tú y un poco más — dice Maehexy. — Con la diferencia de que yo pude ser sutil.

— Dirás oportunista, prácticamente hice el trabajo pesado para que te llevaras mis hallazgos — dice Spectrum.

— La reina siempre deja que los peones vayan al frente, querido — responde Maehexy con ironía en su tono.

Maehexy despliega un mapa de Italia en la pantalla, con indicadores en rojo sobre las ciudades que Lilíth había visitado en su gira.

— Venecia, Florencia, Milán, Cerdeña, las visitas realizadas por Lilíth no fueron al azar, fueron puntos estratégicos donde pudo distribuir muestras del suplemento CI-23 y donde pudo reclutar nuevos consultores para la empresa Eternal — explica Maehexy.

— Mientras ella hacía esto, Azazel se encargaba de

repartir a más distribuidores en Francia, Reino Unido, Alemania y Países Bajos.

— Están abarcando casi toda Europa — observa Noel.

— Y mientras más gente consuma el suplemento, más personas estarán sujetas a una posesión biológica desde el infierno — agrega Spectrum.

— Es correcto, pero los efectos no afectan la corteza del cerebro de forma inmediata, necesita un detonante externo para que esto ocurra — aclara Maehexy.

— Ahí es donde entra el OR-66 que mencionan los reportes del laboratorio — intuye Spectrum. — ¿Pero de qué se trata?

— Es un mecanismo que emite una onda que activa los efectos secundarios del CI-23, lo que hace que el demonio empiece a adueñarse del cuerpo del sujeto — dice Maehexy. — Lo que todavía no me cuadra es cómo piensan lograr una posesión sobre toda Europa. Por lo que pude ver en los archivos, las ondas del OR-66 no tienen un alcance tan amplio y este aparato es único. Necesitarían miles de réplicas para abarcar tanto.

Spectrum se acerca a la pantalla, mira los informes sobre las capacidades técnicas del OR-66 y visualiza el mapa de Italia detenidamente. Se toma su tiempo para recordar algo que parece estar pasando por alto. Finalmente, siente que se le encienden un centenar de bombillas sobre la mente cuando recuerda lo esencial.

— Los Nexos — dice Spectrum.

— ¿Qué cosa? — pregunta Noel.

— Los Nexos, admito que no lo había considerado hasta ahora — dice Maehexy.

— ¿Hola? ¿Qué mierda es un nexo? — insiste Noel mientras se pone de pie.

— Los Nexos son puentes donde fluye una energía que conecta nuestro mundo directamente con el cielo y con el infierno al mismo tiempo, manteniendo un equilibrio entre todas las dimensiones que conforman el Astroverso. Son muy escasos y están distribuidos en puntos muy específicos de nuestro mundo — explica Spectrum. — Esos lugares pueden ser destruidos o deteriorarse con el tiempo, pero los Nexos siempre permanecen ahí, como la pirámide de Giza, los Jardines Colgantes de Babilonia, el monte Kilimanjaro, o…

— … La Basílica Papal de San Pedro en el Vaticano — dice Maehexy, llegando a esta conclusión como si se hubiese contagiado por la vibra de Spectrum, conectando todos los puntos.

— La energía que fluye a través de ese nexo es lo suficientemente poderosa como para expandir la onda que emite el OR-66 por toda Europa — dice Spectrum.

— De ser así, allí es donde Lilíth ejecutará la fase final… y donde seguramente tendrá a mi padre.

— Ya tenemos nuestro próximo destino, entonces — dice Maehexy.

— Grandioso, pero Lilíth seguro nos estará esperando, y como si los demonios que la respaldan no fueran suficientes, tiene a los centinelas a su merced — dice Noel.

— Mi querido Noel, me temo que lo que está en riesgo es un poco más complicado que eso — dice Maehexy con total honestidad. — Lamento haber sido partícipe de esto para mantener mi cobertura, pero en su momento te dimos una dosis concentrada del CI-23, lo que significa…

— Que también puedo ser poseído — dice Noel, quien se deja caer sobre su asiento con preocupación.

Tanto Maehexy como Spectrum no emiten comentario alguno. Permiten que el joven Lockward termine de asimilar lo que está en juego y su posición actual. Pasado este momento, Spectrum rompe el silencio enfocándose nuevamente en la misión.

— De acuerdo, ¿qué hay de Teresa? — pregunta Spectrum.

— ¿Qué hay con ella? — pregunta Maehexy.

— Tratándose de una posesión biológica, me temo que el dominio de Lilíth sobre Teresa no es algo que se pueda resolver con un simple exorcismo, por lo que cualquier destino que sufra una, lo podrá sufrir la otra — explica Spectrum. — ¿Tomaste eso en cuenta?

— Es lo que más me ha estado preocupando y es la variable que todavía no resuelvo — dice Maehexy. — Lo más trágico de todo, es que el alma de Teresa sigue ahí, aunque no esté consciente.

— Supongo que tendremos que improvisar, pues — dice Spectrum. — Mientras tanto, hay que prepararse. ¿Tu centro de comunicación cuenta con línea abierta?

— Sí, pero el uso de la línea está encriptado — dice Maehexy.

— Tranquila, no es la primera vez que interfiero en las comunicaciones de la W.S.S. — dice Spectrum, sin disimular la pedantería.

El agente Spectrum asume el control de las comunicaciones del submarino. Procede a contactar al Departamento de Abastecimiento y al Departamento de Sastrería del RS-Tolquen, requiriendo apoyo para esta última tarea que les espera. Solicita un arma, un vehículo y un nuevo traje. El pedido se confirma para llegar al primer punto de tierra que toquen los agentes, mientras tanto, fijan curso hacia su nuevo trayecto. Destino final: el Vaticano.

17. LA CARRERA HACIA EL NEXO

Es una mañana espléndida en Roma. Los ciudadanos inician sus rutinas de trabajo y los turistas se maravillan con la magnificencia de los monumentos. Mientras tanto, Lilíth anda paseando por las calles, portando un vestido negro de vuelo y zapatos rojos, combinados con su elegante sombrero estilo pamela. Más que admirar los logros arquitectónicos e interesarse por la historia que llevan detrás, siente nostalgia por los recuerdos que guarda de sus vidas pasadas. En su paseo le llegan recuerdos de los hombres que había conquistado y a quienes les había arrebatado la libertad de sus almas con promesas falsas, desde antes de Cristo.

Termina llegando a una agradable cafetería, con mesas situadas al aire libre, con vista a una plaza donde circulan los turistas. Un amable mesero se le acerca con un menú, pero la dama se limita a pedir una taza de café. En lo que espera su orden, continúa admirando el mundo que está a punto de cambiar. Observa a sus potenciales víctimas con encanto, sintiéndose como la benefactora que le abrirá la entrada definitiva a sus colegas y a su familia en este mundo.

El mesero vuelve con su café. A medida que Lilíth disfruta del aroma, se fija en un grupo de palomas blancas que merodean por el suelo. De repente, el grupo de palomas emprenden vuelo. Entre el aleteo de las aves y la resplandeciente luz que viene detrás de ellas, emerge la silueta de un hombre a contraluz. Este hombre camina calmadamente en dirección a Lilíth. Mientras más se acerca, más se aclara la imagen de Dany Spectrum, vestido con un impecable traje blanco de tres piezas, botones oscuros en el chaleco, camisa negra combinada con su pañuelo y una corbata morada.

— Disculpe, señorita, ¿me permite acompañarla en esta agradable mañana? — pregunta Spectrum.

— Para mí será todo un placer — responde Lilíth con picardía, embelesada y sin quitarle los ojos de encima a su caballero.

Spectrum toma asiento en la misma mesa al lado de Lilíth. Acomoda su silla para tener vista al panorama. El mesero se le acerca para prestarle el menú y el agente le indica con amabilidad que lo deje en la mesa.

— Ah, qué agradable es volver a ver un menú físicamente — dice Spectrum. — Ya me estaba cansando de escanear esos códigos con los celulares para verlo todo virtualmente; hay costumbres que mi lado conservador no dejará ir.

— Sin duda, nuestra pasión por las viejas usanzas es algo que seguimos teniendo en común — dice Lilíth.

— ¿Has probado el pastel de nutella que tienen aquí? Quedarás tan maravillada que encontrarás un nuevo propósito para poseer otro cuerpo.

— Con gusto lo probaré si finalmente me das una respuesta — dice Lilíth, amablemente.

— ¿Con relación a qué? A veces mi memoria a corto plazo es peor que la de Dory.

— Mi propuesta de servir para mí, a cambio de aquello que más anhelas.

— Lo siento, querida. Por tentadora que sea la propuesta de vender mi alma para convertirme en una marioneta sin conciencia, en realidad he venido aquí para traerte un mensaje.

— ¿Y cuál podría ser ese mensaje? — pregunta Lilíth, a quien lentamente se le va borrando su sonrisa de arrogancia.

— Hay otras formas de liberarte de la sombra de tu padre que no incluyen esta tontería que quieres hacer.

— ¿Disculpa? — pregunta Lilíth, sintiendo que lo dicho por el agente es un gran atrevimiento.

— Por favor, podrás engañar a mis ojos, pero mis oídos saben reconocer cuando una mujer miente y en cada uno de tus desahogos, no era Teresa quien hablaba, eras tú — dice Spectrum. — Esto no se trata solo de un atentado contra la humanidad, esto es para destacarte entre tus hermanos, los mismos que traicionaron a tu padrastro: Lucifer.

— No tienes idea, Dany... — el tono de Lilíth se vuelve hostil, mientras sus ojos se tornan morados y su cabello se vuelve plateado. — Crees saberlo todo, pero jamás lo entenderías. Te crees lo suficientemente pulcro como para señalarnos, pero tus libros están tan manchados de sangre como los de tus peores enemigos. El juicio final no será amable contigo y en el fondo lo sabes.

— Cuidado con sus amenazas, condesa. No es a mí a quien están apuntando con una bala celestial.

En ese momento, Lilíth se fija en la pequeña luz roja que apunta hacia su pecho. Aquella luz proviene de un rifle manipulado por Noel, quien permanece oculto en uno de los edificios de las esquinas.

— Esto es lo que va a ocurrir, cariño. Saldremos caminando de aquí, te llevaremos con los mejores cirujanos del Triángulo para extirpar el área que has infectado en la corteza cerebral de la señorita Sadler. Olvidarás todo esto y te garantizo que las relaciones entre nuestros mundos no se verán afectadas y que recibirás un juicio justo ante Lucifer — le explica Spectrum. — Ahora dime, ¿dónde está el OR-66?

Lilíth mira a Dany con ojos de desprecio, pero lentamente su mirada va cambiando a pena, finalizando tétricamente en una sonrisa burlesca. La dama no puede contener la pequeña risa que emite frente al agente.

— ¿Cómo piensas hacer todo eso si estarás tan ocupado con la ciudad en tu contra? — pregunta Lilíth, con una sonrisa de satisfacción.

— Dany, no estamos solos — le advierte Maehexy por el comunicador al oído.

— ¿Qué has hecho?

— Mis hombres avisaron a las autoridades locales de un atentado en contra de Teresa Sadler, un nuevo intento de secuestro a la hija del Senador Sadler, quien tiene muy buenas relaciones con Roma.

Spectrum empieza a escuchar unas sirenas acercándose.

— Así que esto es lo que va a suceder, cariño — dice Lilíth. — Te vas a entregar a las autoridades, mientras yo me dirijo al Vaticano. De lo contrario, mis centinelas te matarán a ti, a tu cachorro Noel y a esa bruja de Maehexy.

Un auto se detiene frente a la cafetería. Lilíth deja su efectivo en la mesa para dejar la cuenta paga y se pone de pie. Al abrir la puerta de su vehículo, Dany alcanza a ver a su padre, atado de las manos en el asiento trasero. Lilíth se monta, pero antes de cerrar la puerta, se despide de su acompañante.

— Ha sido un placer, Agente V — dice Lilíth. — Sus servicios ya no serán requeridos.

Spectrum se queda solo. Las autoridades llegan a la cafetería, bloqueando todas las salidas para que no pudiera escapar. Apuntando con sus armas, la policía se acerca al hombre que concuerda con la descripción dada. El agente no tiene otra opción que ponerse de pie y levantar sus manos. Uno de los oficiales se acerca por detrás para esposarlo, pero cuando intenta tocarlo, este atraviesa la figura del agente y choca con la mesa. En ese instante, el agente sonríe y su cuerpo se desvanece. Se trataba de una proyección arrojada por Maehexy, quien acompaña al verdadero Spectrum en su vehículo desde el otro extremo de la plaza. Un Tesla S azul marino, modelo 2023, con modificaciones especiales del Departamento de Abastecimiento.

Spectrum arranca, dejando a las autoridades detrás. Sin estos entender lo ocurrido, reciben la alerta de que el sospechoso fue visto saliendo de la plaza. Más unidades son enviadas para perseguirlo. Mientras tanto, el agente se desplaza por las calles de Roma, camino al Vaticano.

— Noel, ¿cuál es tu estado? — pregunta Spectrum mientras conduce.

— Me persiguen unos hombres por los tejados, corren rápido, saltan muy alto y no se cansan. Creo que es el centinela transitor — dice Noel.

— Piérdelo como puedas, nosotros vamos de camino a la Basílica.

— Van a cerrar todo este perímetro. A menos que este auto tenga alas, nunca llegaremos a tiempo — advierte Maehexy.

— Esto es solo un prototipo, pero está cubierto con una capa de *Arlitium*[8] que nos podría ser útil.

— ¿Cuántas pruebas tuvo este modelo en misiones reales?

— Creo que esta será la primera — dice Spectrum, lo cual no le da ninguna confianza a Maehexy.

Una docena de patrullas los persiguen desde atrás. Spectrum acelera para tratar de perderlos, pero nota que al frente también se aproxima una brigada. Están apunto de

---

[8] Arlitium: cristal extraído de los fragmentos de alas de los primeros ángeles que pisaron la Tierra. Tienen la capacidad de modificar su composición molecular, pero solo por una fracción de tres segundos.

rodearlos. En ese instante, el agente activa la modalidad especial del vehículo. Se dirige hacia el muro de uno de los edificios del lado izquierdo. La misma Maehexy se sorprende al ver cómo el auto atraviesa el muro sin dañar el concreto.

Ahora están dentro de un museo. Los visitantes se espantan al ver cómo un automóvil salió de la nada y anda por los interiores del edificio. Todos corren despavoridos, mientras Spectrum trata de esquivarlos. Rápidamente acelera hacia el otro extremo del museo, activando nuevamente la modalidad. Atraviesan la pared y logran salir a una calle paralela, dejando atrás a las autoridades.

Son sorprendidos por un autobús que no los vio venir. El chofer trata de maniobrar para no atropellarlos, pero Spectrum se adelanta, atravesando el autobús sin dañarlo. Hasta ahora, el prototipo ha sido un éxito, pero no pueden abusar de esta modalidad, ya que solo dura tres segundos y necesita cinco segundos más para recargar. Nuevas patrullas aparecen más adelante, Dany trata de esquivarlos, atravesando los muros que sean necesarios en las calles de Roma.

Habiendo sobrevivido a esta persecución, no ven señales de más policías a los alrededores. Por otro lado, sienten que algo anda mal. En las próximas calles sienten una repentina tranquilidad, como si algo les esperaba. Spectrum se fija en su retrovisor y ve que algo se aproxima a gran velocidad. De repente, son alcanzados por el centinela invocador, montando un enorme caballo negro de ojos rojos, dejando un rastro de fuego a su paso. Spectrum acelera para evadirlo, pero resulta inútil. Maehexy se prepara y abre la puerta del auto.

— ¿Se puede saber qué haces? — pregunta Spectrum.

— Tu llega a la Basílica, de este me encargo yo — dice Maehexy.

La bruja salta del vehículo. Antes de tocar el suelo, proyecta desde su traje su motocicleta y carga contra el centinela invocador. En cambio, Spectrum no tiene otra opción más que dejarla atrás. Mientras el agente avanza, se percata de que las últimas cuatro cuadras que ha atravesado eran exactamente similares. Sea que girara a la izquierda o a la derecha, todos los edificios se parecían.

Dany no tardó mucho para darse cuenta de que la imagen de la ciudad estaba siendo alterada en su mente. Es ahí cuando el centinela ilusionista hace acto de presencia, levitando frente al auto del agente con una mirada amenazante. Con un chasquido de este demonio, todo el panorama de Roma se distorsiona. Los edificios y monumentos se desprenden, quedando suspendidos en el cielo. Las calles se tuercen, asumiendo una forma espiral para generar confusión.

Spectrum se quita sus gafas, para tratar de distinguir entre la realidad y la ilusión, pero la energía que fluye a través del nexo es tan poderosa que afecta su visión a medida que se acerca. El centinela, aprovechando esta ventaja, incrementa su poder. La ilusión se intensifica, al punto que el agente se ve a sí mismo transportado al antiguo Imperio Romano. Soldados en sus carruajes se interponen en su camino. Cuando vino a darse cuenta, estaba dentro del gran coliseo, rodeado de gladiadores que le arrojan lanzas a su auto.

El agente acelera y activa una vez más las funciones del *arlitium*, sin saber lo que pudiera encontrarse al frente. Cierra sus ojos y atraviesa los muros del coliseo. Al abrirlos nuevamente, nota que ha regresado a la Roma contemporánea, llegando al Vaticano. Ya puede ver la Basílica de San Pedro al fondo. Aparentemente, por cuestiones de seguridad, toda la plaza había sido evacuada, por lo que está totalmente desolada.

Spectrum detiene su vehículo en la entrada de la Plaza de San Pedro y decide continuar a pie. Dada la intensidad de la energía del nexo, decide ponerse sus lentes oscuros nuevamente, para concentrar su vista en su mundo. A medida que avanza, se percata del centinela ilusionista, parado en medio de la plaza.

Puede que el centinela ilusionista se trate de un demonio sin conciencia, pero Spectrum no puede evitar percibir que ambos han estado anticipando este reencuentro. Detrás de este títere de Lilíth, muy en el fondo, se encuentran fragmentos de lo que solía ser el alma atormentada de su viejo amigo Alex. Por otro lado, bien sabe el agente que no vale la pena intentar razonar con esta entidad, pues ya es un alma perdida. Manteniéndose firme, le hace su advertencia a su rival:

— Estás en mi camino — dice Spectrum.

Lentamente, este empieza a caminar en dirección al agente. De pronto, el centinela va acelerando su paso, al igual que el agente. Ambos empiezan a correr en dirección al otro, hasta colisionar en un intercambio de golpes. La esencia de Alex podrá estar perdida, pero este demonio conserva sus mejores atributos físicos, por lo que resulta ser un adversario formidable para Spectrum. En un rápido movimiento, el centinela golpea fuertemente al agente en el rostro, tirándole sus gafas. De un derechazo, el demonio lo noquea y deja en el suelo.

Spectrum pierde el sentido de la orientación por un instante. Como si la paliza recibida no fuera suficiente, la energía del nexo afecta duramente sus ojos, imposibilitando que se pueda concentrar apropiadamente. Se arrastra para tratar de alcanzar sus necesitadas gafas, pero estando a punto de tomarlas, el centinela las destroza con su pie. *"Maldita sea"* es el único pensamiento que le llega Dany en este momento, al ver cómo el centinela lo ha jodido.

Su enemigo contempla la vulnerabilidad del agente, pero en lugar de aprovechar este momento para terminarlo, lo disfruta. Spectrum percibe varias realidades al mismo tiempo, como varios fotogramas corriendo agresivamente ante sus ojos. Luz, sombra, relámpago y oscuridad. Vida, muerte, eternidad y vacío. Siente el universo entero dando vueltas en su cabeza, causándole un dolor agonizante en la nuca y un pinzamiento insufrible bajando por su espalda. Lentamente, va cerrando sus ojos e intenta concentrarse.

Puede percibir toda la existencia encendiéndose y apagándose a través de sus párpados cerrados. Toma una respiración profunda y recuerda su entrenamiento para enfocarse en el aquí y en el ahora. Su respiración se va ralentizando y va recobrando la calma. Al conteo de tres, abre suavemente sus ojos. Nota que donde habían mosaicos, ahora hay un pasto verdoso. Donde había edificios y museos, ahora hay árboles largos con hojas doradas de cristal brillante. El sol irradia su luz con la más grandiosa intensidad, pero a pesar de esto, las estrellas y las constelaciones que conforman la galaxia se ven tan claras como si fuera de noche. Siente una gran armonía a los alrededores como una canción compuesta por la misma celestialidad. Al fondo, observa un gran portón de bronce, el cual proyecta una luz que se va transparentando a medida que asciende hacia el infinito. En este momento, Spectrum está siendo testigo del Nexo de San Pedro desde lo que nosotros conocemos como: el Cielo.

Lo atestiguado por el agente es tan divino, que recuerda que dar el viaje hacia el otro lado sería toda una dicha para cualquier mortal. Por otro lado, recuerda que tiene una misión que cumplir, por lo que reenfoca su mirada. Como un trozo de papel que se hace confeti, la imagen del paraíso se desvanece, mientras se va apreciando el nexo desde el otro lado, desde el mundo al que todos temen.

Donde había grama verde, encuentra rostros y manos de hombres y mujeres adheridas al suelo, sollozando y sufriendo. Donde habían árboles dorados, encuentra tanques, aviones estrellados y artillería de guerra de diferentes eras. El entorno se ve putrefacto y sucio. Lluvia de relámpagos se desatan desde la lejanía. Desde lo más alto, se puede ver cómo van cayendo personas, como si fueran arrojadas desde el otro lado, gritando de arrepentimiento mientras caen. Todo el cielo figura cubierto de una llama roja transparente, a través de la cual se puede ver un reflejo de nuestro mundo invertido de cabeza. Al fondo, encuentra el mismo portón, pero esta vez no brillaba en bronce. El portón estaba hecho de huesos, carne y extremidades de animales y hombres. Aquel mundo era inconfundible, el agente estaba teniendo una mirada más clara del infierno.

Spectrum se pone de pie y se da vuelta. Donde estaba de pie el centinela ilusionista, ahora ve a su antiguo compañero Alex Vanter. Lucía tal y como lo recordaba, un hombre joven, caucásico y de cabello rubio. Compartiendo el mismo gusto por la vestimenta que Dany, portando un traje negro de tres piezas. El pobre Alex observaba a su compañero Dany. No podría recordarlo del todo, pero lo miraba con extrañeza, como si su rostro le trajera alguna memoria de una vida pasada.

El aura maligna que rodea a Alex luce más vulnerable desde el infierno. Spectrum lo ve y no puede evitar sentir nostalgia. Como un acto de cortesía profesional y un favor de un amigo, el agente saca su nuevo revólver. Revisa en la recámara que cuenta con tres balas celestiales. Alex ve lo que el agente está a punto de hacer y corre hacia él para detenerlo. Spectrum se toma su tiempo, dejando que el demonio se acerque. Carga su bala celestial y alza su arma. Con un tiro a quemarropa en la cabeza, la imagen de Alex se extingue.

18. LA BASÍLICA

Minutos antes:

Noel observa desde su posición cómo las autoridades llegan a la plaza y rodean la cafetería. Ve a Spectrum ponerse de pie levantando sus manos. Mientras tanto, escucha a unos hombres intentando derribar la puerta de la habitación en la que se esconde. Su posición se ha comprometido, por lo que no tiene más opción que abandonarla. Los hombres terminan de romper la puerta, a medida que Noel sale por la ventana y escala hasta el techo.

Una vez en la azotea, se aproxima a otro edificio cercano para saltar. Mientras toma impulso, cuatro agentes suben tras él. Noel da un gran salto y se sostiene del borde. Tan pronto se reincorpora, emprende la huída. Se fija en otros agentes corriendo desde los tejados de edificios paralelos. Nota que se mueven a una velocidad impresionante y cuando cruzan de un edificio a otro, saltan a una altura que supera a la de un atleta profesional. De pronto, escucha a Spectrum desde el comunicador en su oído.

— Noel, ¿cuál es tu estado? — pregunta Spectrum.

— Me persiguen unos hombres por los tejados, corren rápido, saltan muy alto y no se cansan. Creo que es el centinela transitor.

— Piérdelo como puedas, nosotros vamos de camino a la Basílica — dice Spectrum.

Rápidamente, Noel desciende de los tejados y entra a uno de los apartamentos. Accidentalmente irrumpe en una cocina, donde se topa con una anciana cortando sus vegetales con un afilado cuchillo. Noel se disculpa y procura salir rápidamente del apartamento. Saliendo de la cocina, siente el cuchillo clavándose en la puerta que acaba de cruzar. Al darse vuelta, ve que el cuchillo fue arrojado por la señora, poseída por el centinela transitor.

Corre hacia el pasillo del edificio y se topa con un señor martillando su puerta. Al pasarle por el lado, el señor intenta atacar a Noel con su martillo. Este lo esquiva impulsándose de la pared y saltando con gran agilidad, pero a medida que se aleja, ve en sus ojos la misma oscuridad del centinela. Noel se dirige a la ventana del fondo del pasillo, saltando hacia el otro edificio. Una vez que llega, trata de recuperar su aliento por unos segundos, mientras entiende que no podrá fiarse de nada, siempre que el transitor lo persiga.

De repente, escucha a unos hombres subir las escaleras del piso donde se encuentra. Noel huye nuevamente, buscando alguna posible salida. Termina bajando por otras escaleras que lo llevan a la calle. Una vez fuera, se ve rodeado por aglomeraciones de ciudadanos y turistas caminando en todas direcciones. El joven Lockward se mantiene alerta, pues cualquier persona podría ser el centinela.

Caminando por la acera, se cruza con unos

policías en una esquina. Escucha desde su radio el reporte de un fugitivo que anda en un Tesla S azul marino. Noel intuye que se trata de Spectrum. De repente, en la radio se escucha un segundo reporte sobre un francotirador, ubicado en el mismo edificio donde él estaba. El reporte da una descripción física aproximada, lo que lleva a Noel a acelerar su paso. En la vía contraria, ve a otros dos oficiales caminando, pero estos lucen diferente. No solo tienen su mirada amenazante fija en él, sino que sus ojos se oscurecen como un vacío.

Sin pensarlo, Noel se sale del camino y cruza la calle corriendo. El embotellamiento del tránsito lo lleva a saltar de un vehículo a otro, desplazándose con una agilidad sorprendente. Un largo autobús bloquea su paso, pero este lo atraviesa entrando por una ventana y saliendo por la otra, con la fluidez de una bala que traspasa una hoja. Los oficiales, poseídos por el centinela transitor, mantienen su ritmo persiguiendolo. Noel llega a un área de construcción, repleta de obreros trabajando con maquinaria pesada.

En ese momento, Noel se ve rodeado por trabajadores poseídos y armados con herramientas que bien pueden usar en su contra. Desde llaves inglesas y martillos, hasta serruchos y taladros. Dándose cuenta de su metida de pata, el joven Lockward corre hacia una grúa y empieza a escalarla. Los obreros arremeten contra él, arrojándole piedras mientras trepa el hierro de la torre. Una vez que llega a la pluma de la grúa, entiende que puede estar a salvo a esta altura. Descarta aquella suposición tan pronto ve cómo varios obreros dan un salto escalofriantemente alto. Caen en ambos extremos de la pluma, rodeando a Noel por completo.

Saltar no es una opción, pues está demasiado alto. No desea luchar contra los obreros, pues son almas inocentes que han sido poseídas y atacarlos equivaldría a la muerte desde aquella altura. Empieza a considerar que este podría ser su final, pero justo en ese instante, escucha al comunicador en su oído. Reconoce la voz de Maehexy entrecortada, pero a medida que se acerca, se escucha con mayor claridad.

— Prepárate para saltar, ahí voy — dice la voz de Maehexy.

Noel se da vuelta y alcanza a ver a la bruja, montando un pequeño jet negro con capacidad para dos personas. Vuela en dirección al joven Lockward para asistirle, pero no está sola. Detrás de ella le persigue el centinela invocador, montando un espeluznante cuervo de seis metros de ancho y pico afilado como tenazas.

Maehexy disminuye la velocidad y pasa por debajo de la grúa, dándole tiempo a Noel para saltar y caer cerca del asiento trasero. Una vez que se abrocha el cinturón, el jet sale disparado a una velocidad que deja a Noel pegado del asiento. El centinela invocador los persigue por toda Roma, arrojándoles invocaciones de murciélagos y gárgolas, tratando de hacerlos estrellar. Maehexy esquiva a las bestias con la agilidad de un pez nadando entre las rocas, disparando con sus torretas a cualquiera que se acerca demasiado.

— Escucha, podemos estar haciendo esto todo el día, pero estos centinelas solo nos están distrayendo — dice Maehexy.

— Estoy de acuerdo, pero no se me ocurre nada para deshacernos de ellos.

— A mí sí, voy a ahuyentar a los centinelas, mientras te suelto arriba de la Basílica.

— Espera, ¿qué?

— Descuida, te agregué un paracaídas al asiento eyectable.

— ¡No, detesto eso! ¡Ni se te ocurr…

Maehexy procede a eyectar el asiento de Noel tan pronto cruzan por el Vaticano. Esta continúa su confrontación con el centinela invocador, alejándolo de la zona. Gritando de furia y pánico a la vez, Noel se aferra a su asiento, mientras queda suspendido en el aire. El asiento dispara el paracaídas, ayudándolo a caer justo encima de la Basílica de San Pedro. Tan pronto aterriza, se quita el cinturón y trata de recuperar la calma. Nunca le había dicho a nadie que él detesta cualquier actividad relacionada con paracaídas y más con asientos eyectables.

Una vez se recompone, contempla el panorama que tiene de toda la plaza desde aquella altura. A lo lejos, ve el auto de Spectrum llegando. Piensa que tal vez debería esperarlo para entrar juntos, pero entiende que cada segundo es valioso, por lo que decide entrar por su cuenta. Descendiendo las largas escaleras de la cúpula, se adentra al interior de la gran basílica. Llegando al nivel inferior, nota que el lugar está totalmente vacío, por lo que trata de avanzar lo más despacio posible para evitar el eco.

Su sentido del deber lo había llevado a ignorar que esta es la primera vez que pisa este templo. En su breve recorrido, se queda maravillado por la majestuosidad arquitectónica y el nivel de detalle en cada muro, cada columna, cada pintura y en todo el techo. Rápidamente se enfoca de nuevo en su misión cuando escucha unas voces a lo lejos. Se aproxima con cautela y ve a Lilíth junto al padre de Spectrum en el centro del templo, donde el Papa suele dar las misas. Con prudencia, trata de acercarse lo más que puede para escuchar su conversación.

— El mero hecho de que estés pisando este lugar es un acto de blasfemia, ¿ahora quieres que haga esto por ti? Tendrás que matarme — dice el sacerdote, escuchándose indignado y temeroso a la vez.

— Técnicamente quien pisa este templo es el cuerpo de una inocente mortal, por lo que no estoy violentando ninguna ley astral — dice Lilíth, con altanería. — Ahora, haz lo que te ordeno, o haré que mis centinelas traigan la cabeza de tu hijo y la de sus amigos, empezando por el entrometido que está husmeando allá atrás.

Noel siente cómo el corazón se le sube hasta la garganta, al escuchar cómo se refirieron a él. Intenta alcanzar su arma guardada detrás de su pantalón, pero siente las frías manos de Lilíth rozando su cuerpo. Cuando se da vuelta, ya la tenía detrás de él. Espantado, se aleja de un brinco y trata de dispararle, pero con el chasquido de sus dedos, la condesa transporta a Noel al centro de la basílica, al lado del sacerdote. Lo deja de rodillas, con las manos atadas y la boca cubierta, sumiso ante su voluntad.

— Ahora dígame, padre, ¿qué debería hacer primero con él? — pregunta Lilíth, saboreando el momento. — ¿Arrancarle los brazos, la lengua o los ojos tal vez? Sería un bonito juguete para mis mascotas en el infierno.

— ¡Detente, por favor! — insiste el sacerdote.

Las puertas de entrada al templo se abren con el estruendo de un volcán. El eco de su llegada se esparce como una avalancha por toda la basílica. El agente Spectrum se une a la reunión. Armado con su revólver, camina firmemente con la calma y la imponencia de un mandatario llegando a su despacho.

— Solo preguntaré esto una vez y más vale que tu respuesta sea inteligente — dice Spectrum a medida que se acerca a paso firme. — ¿Dónde está el OR-66?

— Dany, siempre un paso detrás — dice Lilíth. — ¿Quieres saber dónde lo guardo? Lo tienes justo al frente de ti.

— ¿De qué estás hablando?

— El dispositivo para activar la posesión en todo el continente está dentro de mí, solo lo puede liberar un sacerdote, con una oración especial que debe ser pronunciada en el centro de este nexo. Así que voy a necesitar la cooperación de tu padre o dejaré que mis centinelas terminen su trabajo.

El centinela invocador y el transitor saltan desde el techo, cayendo sobre sus pies detrás de Spectrum. Ambos sostienen a Maehexy, quien evidentemente no pudo contra ellos. Lilíth, por su parte, emite una luz roja desde sus dedos, generando un hilo alrededor del cuello de Noel, pudiendo estrangularlo en cualquier momento.

— Lo siento, Dany, esta vez no se trata de una negociación — dice Lilíth, lamentándose con sarcasmo.

— Esto va a suceder y a ti solo te tocará mirar.

Spectrum se ve en una situación en la que parece no haber alternativa. El sacerdote tendrá que liberar el OR-66 en Lilíth o ella los eliminará a todos. Con sus ojos de la verdad, el agente mira a la condesa de manera retadora. Lentamente, el agente levanta su arma y le apunta a ella. Lilíth estalla en carcajadas a modo de burla y con aire de superioridad.

— ¿De verdad estás dispuesto a cometer un doble magnicidio? — pregunta Lilíth, entre risas. — ¿Atacar a la inocente hija del Senador Sadler y a la hijastra de Lucifer a la vez?

— No lo hagas, hijo — le advierte el sacerdote. — Si le haces daño, ni siquiera El Triángulo podrá protegerte.

— Deberías escuchar a tu padre, Dany — dice Lilíth. — Puede que en este momento no sientas nada, pero al menos confío que eres sensato y conoces tu lugar.

En ese momento, Spectrum baja lentamente su arma. Analiza detenidamente la situación y observa a su alrededor. Ve a Maehexy sujetada por los centinelas, a Noel de rodillas y a su padre, con una mirada de súplica para que su hijo no haga algo de lo cual se pueda arrepentir. Piensa en su compañero Alex Vanter, en el señor Craig, pero sobretodo, en su vieja amiga Jessica.

— ¿Sensato, dices? — le cuestiona Spectrum. — La sensatez proviene del buen juicio, la cual sería apropiada en un mundo donde impere el orden. Pero es un mundo de caos en el que vivimos, donde el simple aleteo de una mariposa puede producir un huracán al otro lado del planeta. Todo es cuestión de elegir cuál de las dos alas aletear primero y dejar que la reacción en cadena haga el resto. Bien lo has dicho, Lilíth, en este momento no siento nada, por lo que bien me vale mierda el destino que me depare.

— Dany, por favor, no tomes este camino — suplica Harvey.

— ¿Escuchaste eso, Lilith? Ahí tienes a mi padre, perfectamente consciente de lo que estás a punto de hacerle al mundo. Un hombre que también sufrió pérdidas y que quisiera verte arder, pero aún así, su única prioridad es mi bienestar. ¿Puedes creerlo? Esa es la diferencia entre hombres decentes como él, personas como tú… y hombres como yo.

El agente Spectrum alza su arma nuevamente y dispara. La bala celestial llega a Lilíth justo en el pecho. Los centinelas emiten un rugido de desamparo que hace eco en todo el Vaticano, al ver cómo pierden a su madre. Estos sucumben y lentamente se desvanecen de la existencia. Con la desaparición de estos demonios, Noel y Maehexy quedan liberados. El sacerdote se estremece, sin poder creer lo que Dany acaba de hacer. Lilíth, en el cuerpo de la joven Teresa Sadler, cae de rodillas, agonizando y desangrándose.

— ¿Tienes idea de lo que has hecho? — le cuestiona Lilíth. — Mi padrastro será lo último de lo que tendrás que preocuparte cuando *Los Superiores* vengan por ti.

— ¿Los Superiores? — pregunta Spectrum.

En ese momento, Lilíth termina de desplomarse en el suelo, de cara al techo. En su último suspiro, se le escucha recitando las palabras: *"Él está en todos nosotros"*. Y así, tanto la esencia de Lilíth como el alma de Teresa, abandonan este plano. Spectrum tira su arma al suelo. Reflexiona brevemente sobre las últimas palabras de Lilíth, sospechando que las mismas estaban respaldadas por algo muy oscuro que no puede descifrar.

Por otro lado, Maehexy se acerca al cuerpo de la joven Teresa, lamentando su destino. En ese momento, la bruja saca un pequeño frasco de cristal, recogiendo una porción de la sangre derramada. Guarda el frasco y se prepara para retirarse.

— Veo que no te irás con las manos vacías — dice Spectrum.

— Tenías tu misión, yo tenía la mía — dice Maehexy. — Buena suerte, la necesitarás.

Maehexy saca una pistola de agarre, disparando un gancho hacia el techo. Le guiña un ojo a Spectrum y se despide de Noel. La bruja asciende y se retira por uno de los ventanales de la cúpula, dejando a los demás caballeros en una escena incómoda. Noel y el sacerdote caminan hacia Spectrum, pero este alza su mano, pidiéndoles que se detengan.

— No hay nada que puedan hacer, mejor váyanse.

— Ven con nosotros, las autoridades deben estar de camino, no podemos dejarte aquí — dice Noel.

— Hay un túnel detrás de la tumba de San Pedro, el sacerdote la conoce. Váyanse de una vez.

— Vámonos, Noel — dice el sacerdote, con dolor en su

voz. — Ahora mismo no podremos hacer nada.

Noel mira al sacerdote a los ojos, sin poder creer que dejarían al agente a su suerte. Al mismo tiempo, ya se había dado cuenta de lo testarudo que es Dany con sus decisiones, por lo que decidió no discutir más y seguir al sacerdote. Spectrum lo detiene por un momento y le arroja un objeto. Noel lo atrapa, y al verlo, se da cuenta que se trata del reloj de bolsillo que siempre llevaba consigo.

— Ahora estamos a mano — dice Spectrum.

Noel no entendió bien lo que quiso decir con estas palabras, pero acepta el gesto. A pesar de no estar conformes con la situación, ambos se retiran. Mientras ellos se marchan, la policía entra al templo. En lugar de encontrar al hombre que literalmente salvó a toda Europa, lo que encontraron fue al asesino de Teresa Sadler. Sin mostrar ninguna resistencia, Spectrum coloca las manos sobre su nuca y se pone de rodillas. Las autoridades detienen al criminal y proceden a sacarlo de la basílica esposado.

19. EL RECLUTA

Noel permanece sentado en uno de los muebles de la recepción. Delante suyo se encuentra la señora Bertha, redactando reportes con su teclado de braille mientras se queja de la impertinencia de los agentes romanos. El ambiente se siente pesado, el silencio es casi sepulcral. Lo único que hace eco en todo el salón es el teclado de la señora Bertha. Los minutos se le hacen eternos. Revisa su reloj de muñeca y ve que apenas han pasado cinco minutos desde que llegó, pero para él se ha sentido como una hora.

Aprovecha este momento para sacar el reloj de bolsillo que le regalaron. Observa detenidamente las agujas quietas sin funcionar, recordando a Dany y sintiendo impotencia, por el destino que le ha tocado. Lamenta que no haya podido estar presente en los juicios, pues cualquier interferencia o testimonio, hubiese comprometido la existencia de la I.P.I.A., por lo que el mismo fue dejado a su suerte.

De buenas a primeras, siente la vibración de su teléfono. Al abrirlo, encuentra un extraño mensaje de un número anónimo. El texto dice lo siguiente: *"Nos puede llamar la atención la banda luminosa que forma un arco de varios colores. Mes tras mes, podemos buscar su origen y su fin. Busquemos la lógica o la fantasía, el resultado es el mismo. Iresine es la planta que decora el viejo Edén. Tras bastidores entendemos que todo es una ilusión. Los ojos podrán mentir, el corazón no. Jerarcas caen cuando descubrimos la verdad".*

Es lo más extraño que Noel ha leído en todo el año, piensa que se trata de algún mensaje enviado de un número equivocado. Antes de que siguiera divagando en sus pensamientos, la puerta se abre. De ella sale el sacerdote, llamándolo para que pase. Noel es recibido en el despacho del señor Van Helsing, mientras el padre Harvey espera afuera. Es la primera vez que lo ve, su aspecto simultáneo de anciano y un hombre joven le llama la atención, pero tras atestiguar tantos sucesos, empieza a acostumbrarse a todo lo extraño. El señor le invita a tomar asiento frente a su escritorio y este le acompaña.

— Señor Lockward, he sido edificado con todos y cada uno de sus movimientos en la operación de Italia — dice el señor Helsing. — A pesar de sus cuestionables métodos para infiltrarse en nuestras actividades, la I.P.I.A. agradece su contribución.

— ¿Entonces estoy exonerado, señor? ¿No seré juzgado por el Triángulo? — pregunta Noel.

— Los cargos serán levantados, pero el Triángulo insiste en que sea bajo una condición — dice el señor Van Helsing.

— Que trabaje para ustedes — intuye Noel.

— Ciertamente sus habilidades han resultado ser útiles y ha recibido la mayor de las recomendaciones de parte del reverendo Harvey Spectrum — dice el señor Van Helsing. — La mayoría votó a favor, salvo un voto disidente.

— ¿En serio? ¿Cuál pudo haber sido ese voto? — pregunta Noel.

— El mío — responde con firmeza el señor Van Helsing. — Personalmente, voté para que su memoria fuese borrada y que lo reinsertaran a la C.I.A.

— ¿Puedo saber por qué recomendaría eso, señor? — pregunta Noel.

— Puede que el padre Harvey no lo haya incluido en su recomendación, pero estoy al tanto del interés particular que usted tiene, relacionado al misterio de sus padres. Razón por la cual decidió husmear en nuestras investigaciones en primer lugar — explica el señor Van Helsing. — No voy a tolerar que sus intereses personales interfieran en nuestro trabajo. Usted bien pudiera aprovecharse de nuestros recursos y conexiones para perseguir una resolución a un trauma que bien pudiera no tener fin.

— Señor, le aseguro que en este momento mi único interés es servir — dice Noel. — Después de todo lo que he visto, volver a la C.I.A. sería como un pez volviendo a su pecera, después de que ya conoció el océano. Al margen de eso, pude servir bien junto al equipo del Agente V, y en memoria de todos, merecen que siga poniendo de mi parte para mantener la estabilidad de nuestra dimensión.

El señor Van Helsing escucha la justificación de Noel para ser aceptado como recluta. Sin emitir comentarios, medita sobre ello. Levemente da vuelta en su sillón, contemplando la pintura del *Árbol del Conocimiento del Bien y del Mal.* La observa durante largos segundos y luego retoma su atención en Noel.

— De acuerdo, después de todo, es la voluntad del Triángulo — dice el señor Van Helsing. — Pero de todos modos, le estaré dando seguimiento de cerca. Aplicar para ser un agente romano es mucho más demandante que cualquier labor en la que haya trabajado antes. Su entrenamiento será intenso, y si no aplica, yo mismo me encargaré de que su memoria sea limpiada y de que sea reinsertado a los servicios comunes de la sociedad.

— Gracias, señor — dice Noel. — Le aseguro que no se arrepentirá.

— Eso veremos — dice el señor Van Helsing. — Ahora, repórtese al cuartel de la localidad que le enviarán a su teléfono. En cualquier momento del día recibirá sus primeras instrucciones.

— Sí, señor — asiente Noel.

Ambos se ponen de pie y se despiden. El recluta Noel se retira del despacho, atraviesa la recepción sin detenerse, para no tener que aguantar un minuto más cerca de la señora Bertha. Una vez termina de salir, se encuentra con el sacerdote, quien lo estaba esperando.

— Entonces, ¿lo aceptó? — pregunta el sacerdote.

— Dejó claro sus condiciones, he sido aceptado como recluta — responde Noel, muy entusiasmado.

— Felicitaciones, muchacho — dice el sacerdote. — Estoy convencido de que harás un excelente trabajo.

— Gracias, desearía que Dany estuviera aquí. Su experiencia me vendría bien — dice Noel.

— Él tomó una decisión, lo que podemos hacer de nuestra parte es dar el mayor esfuerzo para que eso no haya sido en vano — dice el sacerdote.

— Lo entiendo, pero no he dejado de preguntarme qué quiso decir Lilíth cuando mencionó un nombre que al mismo Dany le llamó la atención — comenta Noel.

— Quién sabe, los demonios no son tan diferentes a nosotros cuando de encarar la muerte se trata — dice el sacerdote. — Puede que solo estuviese balbuceando en sus últimos momentos, pero si yo fuera tú, no me atormentaría mucho con las amenazas. Peligros van y vienen, para eso estamos.

— De acuerdo, muchas gracias por todo — dice Noel.

El joven Lockward le estrecha la mano al sacerdote para despedirse. Procede a retirarse, pero de manera súbita se detiene. Se devuelve al sacerdote y aprovecha la oportunidad para aclarar una duda.

— Disculpe, quisiera que me ayudara con una cosa más — dice Noel.

— Por supuesto, ¿de qué se trata? — pregunta el sacerdote.

— Minutos antes de reunirme con el señor Van Helsing, me llegó este extraño mensaje a mi teléfono. El número parece ser anónimo, pensé que lo habían enviado por error, pero me preguntaba si usted pudiera revisarlo — le comenta Noel, mientras le comparte el mensaje a su dispositivo.

— Claro, puedo revisarlo — dice el sacerdote. — Si se trata de una broma o de alguna otra cosa, te lo haré saber.

— Una vez más, muchas gracias. Nos vemos.

Noel Lockward, ahora recluta de la I.P.I.A., se retira del RS-Tolquen. Conforme las indicaciones que acaba de recibir en su teléfono, se dirige a su correspondiente cuartel. Termina llegando al restaurante *Kachao*, el lugar favorito de Spectrum en toda la ciudad y ahora el suyo. Llega deseándoles los buenos días a los clientes sentados en las mesas de alrededor. Es amablemente recibido por una de las camareras, quien le cede un asiento en la mesa del centro.

— Buenos días, señor Lockward, ¿qué se le ofrece? — pregunta la hermosa camarera sonriente.

— ¿Sabe qué? Quisiera probar la malteada de chocolate, escuché que son las mejores de la ciudad — contesta Noel.

— Quien le hizo esa recomendación debe ser una persona muy sabia — dice la camarera. — En breve le traigo su malteada, siéntase en casa.

La camarera se retira. Mientras espera por su orden, Noel revisa su celular. Buscando entre las noticias, los primeros reportes que llegan son de la sección de negocios. Aparentemente, la empresa Eternal ha caído en bancarrota. Según una información filtrada por una fuente anónima, se demostró que los productos que ofrecía la empresa estaban alterados y que sus dirigentes habían incurrido en prácticas ilegales para que sus laboratorios se mantuvieran en funcionamiento. Sus instalaciones alrededor del mundo estaban cerrando y los consultores independientes que quedaban han migrado a otras compañías. Eternal había llegado a su fin.

Noel lee estas noticias y tiene la ligera sospecha de que Maehexy tuvo algo que ver en la filtración de esa información, por lo que no puede evitar que se le dibuje una sonrisa de satisfacción al hacerse justicia. Para celebrar, la camarera termina de traerle su malteada y se la deja en la mesa. Era lo más majestuoso que había visto. El vaso de cristal en el que estaba servido era tan grande que parecía un florero. La leche llegaba hasta el tope y encima de ella, una crema de helado decorada con trozos de brownies y pedazos de M&M. El borde del vaso también estaba cubierto por una capa de pequeñas chispas de chocolate, dándole un aspecto mucho más voluminoso, grotesco y perfecto.

Justo cuando Noel estaba a punto de disfrutar de su malteada, le llaman la atención las noticias de último minuto que presentan en la televisión de la pared. Noel le pide a la camarera que le suba el volumen. Reportes indican que el asesino de Teresa Sadler, llamado Dany Spectrum, había sido condenado a treinta años de prisión. Minutos más tarde, llega información de que el vehículo en el que transportaban al prisionero tuvo un accidente. Cuando las autoridades de apoyo llegaron al vehículo, verificaron que el prisionero no estaba. El asesino, Dany Spectrum, se ha escapado y ahora es un fugitivo de la ley.

Noel escucha estos reportes y no sabe qué pensar. Tan pronto pasan las noticias, recibe una llamada a su celular. Se trata del sacerdote, quien le tiene información sobre el extraño texto que había recibido del número desconocido esta mañana. Resulta que se trata de un mensaje encriptado, el cual el sacerdote pudo descifrar de manera casi inmediata, por estar familiarizado con los métodos de su hijo. El mensaje decía lo siguiente:

"No me busquen, iré tras *Los Superiores*".

El Agente Spectrum regresará en:
"LA IRA DE LOS ÁNGELES CAÍDOS"

ANEXO:

EL PACTO DEL TRIÁNGULO

1. Considerando que desde antes del cómputo del tiempo, la dimensión del Reino de los Cielos y la dimensión del Reino del Infierno, han estado en constante conflicto por la supremacía del Astroverso.

2. Considerando que tanto el cielo como el infierno han sido declarados y reconocidos como dimensiones independientes, autónomas y soberanas, con sus delimitaciones, derechos y obligaciones.

3. Considerando que la dimensión de los mortales ha abogado durante milenios para que su paz sea reconocida y defendida bajo su propia autoridad.

4. Considerando que el Reino de los Cielos, el Reino del Infierno y la dimensión de los mortales han decidido suscribir el presente acuerdo, con la intención de iniciar un nuevo ciclo de paz en las relaciones interdimensionales.

5. Considerando que lo dispuesto en el presente documento no perjudica ni contradice las disposiciones establecidas por el Pacto de la Separación, el cual le dio fin a la Primera Gran Guerra Astral.

Por lo tanto, y en el entendido de que las consideraciones anteriores forman parte integral de la presente carta magna multidimensional, las partes deciden dar pie a EL PACTO DEL TRIÁNGULO:

CAPÍTULO 1
EL ASTROVERSO Y SUS DIVISIONES

Artículo 1 - El Astroverso. Se define al Astroverso como el conjunto de todas las dimensiones, realidades alternas, mundos paralelos y reinos astrales donde existen y conviven las diferentes deidades, entidades celestiales y/o demoníacas, así como los seres mortales y las energías de aquellos que existen, que alguna vez existieron o existirán.

Párrafo: considerando la vastedad de las fronteras del Astroverso, las disposiciones establecidas en el presente pacto serán aplicables únicamente a las tres dimensiones que suscriben el mismo.

Artículo 2 - Los Reinos del Astroverso. El presente documento ratifica en todas sus partes lo establecido en el Pacto de la Separación en lo referente a la definición y clasificación de los siguientes reinos y dimensiones en los que se divide el Astroverso:

a) El Reino de los Cielos: reino habitado por las almas que mantuvieron su pulcritud a lo largo de su existencia física, custodiada y gobernada por los ángeles.

b) El Reino del Infierno: reino habitado por las almas condenadas a vivir el castigo eterno, custodiado y gobernado por los demonios.

c) La Dimensión Mortal: dimensión neutral y finita, habitada, gobernada y custodiada por los seres mortales hasta tanto perduren sus existencias físicas.

CAPÍTULO 2
EL REINO DE LOS CIELOS

Artículo 3 - Funciones del reino ante el pacto. Bajo la suscripción de este pacto, el Reino de los Cielos se compromete a asumir las siguientes responsabilidades:

1. Establecer y regular las políticas celestiales necesarias para preservar y proteger las almas que lleguen y pueblen la Planicie Paradisíaca.

2. Velar por el correcto flujo de la energía que conecta a los diversos Nexos alrededor del mundo.

3. Brindar el apoyo necesario a las autoridades mortales en la protección y preservación física y espiritual de su mundo, especialmente cuando se trata de lidiar con situaciones provenientes de dimensiones alternas.

4. Respetar y preservar las fronteras dimensionales que dividen a los diferentes reinos astrales.

5. Compartir los conocimientos medidos y recursos necesarios con las autoridades mortales para el desarrollo en el desenvolvimiento del cosmos, siempre y cuando esto no altere el orden natural de su mundo.

6. Las demás disposiciones a ser contempladas posteriormente por leyes orgánicas, previamente deliberadas y aprobadas por las autoridades astrales.

Artículo 4 - Derechos y potestades del reino ante el pacto. Así como el Reino de los Cielos asume las responsabilidades previamente dictadas, de igual forma, esta contará con las siguientes potestades:

1. Fundar, establecer y administrar Embajadas Astrales en cualquier localidad del mundo que sus representantes consideren necesarios, las cuales fungirán y operarán como fragmentos del mismo Reino de los Cielos a nivel territorial y dimensional.

2. La designación, envío y retiro de Embajadores Celestiales que estarán investidos de amplio poder para fungir como representantes exclusivos de la realeza de los cielos en la dimensión que corresponda.

3. Regular la discrecionalidad en cuanto a la cantidad y la calidad del conocimiento y los recursos que el Reino de los Cielos comparte con las autoridades mortales.

4. Administrar la admisión, rechazo, objeción o reconsideración frente a las almas que aspiran a entrar al Reino de los Cielos, una vez finalizada la estadía de su energía en la Dimensión Mortal.

5. Autoridad para llevar a cabo sus propias investigaciones, actuaciones e intervenciones necesarias, de manera autónoma y soberana.

6. Designar a los miembros que conformarán la representación y defensa de la Dimensión Mortal, siempre y cuando estos superen la Prueba Divina para asumir dicha representación de manera vitalicia.

CAPÍTULO 3
EL REINO DEL INFIERNO

Artículo 5 - Funciones del reino ante el pacto. Bajo la suscripción de este pacto, el Reino del Infierno se compromete a asumir las siguientes responsabilidades:

1. Preservar y administrar la estadía de las almas que lleguen y habiten las estancias de cualquiera de los nueve distritos del reinado.

2. Velar por el correcto flujo de energía que atraviesan los Nexos, siempre y cuando se limiten a conservar dicho flujo desde el lado de su propia dimensión.

3. Reportar tanto a las autoridades del Reino de los Cielos como a la Dimensión Mortal, el envío y traspaso de cualquier cargamento contentivo de

recursos e información proveniente del reino infernal.

4. Llevar un registro detallado de todas las entidades demoníacas que residan en los nueve distritos del reino infernal, con el nombre, categoría, don infernal, cargo, rango, ascendencia y distrito de cada demonio. El mismo deberá ser publicado y compartido anualmente con las autoridades del Reino de los Cielos y de la Dimensión Mortal.

5. Designar a un único representante por distrito infernal, para representar sus intereses ante cualquier asunto a ser discutido con las autoridades celestiales y mortales.

Artículo 6 - Derecho y potestad del reino ante el pacto. Bajo la suscripción del presente pacto, el Reino del Infierno gozará de soberanía absoluta dentro de los confines y delimitaciones de su propia dimensión, sin perjuicio de lo establecido por las disposiciones anteriores de este pacto.

Artículo 7   Prohibiciones. Bajo la suscripción de este pacto, queda terminantemente prohibido para los habitantes del Reino del Infierno llevar a cabo las siguientes   actuaciones:

1. Se prohíbe la posesión de la mente o del alma de cualquier ser mortal por parte de cualquier entidad demoníaca.

2. Se prohíbe la creación de cualquier medio, herramienta, instrumento o método alternativo

para incrementar o potencializar la energía de cualquier entidad demoníaca que traspase hacia la Dimensión Mortal.

3. Se prohíbe la implementación de cultos que distorsionen el desarrollo natural de la Dimensión Mortal.

4. Se prohíbe la estadía permanente de cualquier entidad demoníaca en la Dimensión Mortal, con la excepción de las visitas de una autoridad infernal en una misión diplomática, la cual no podrá exceder de tres meses.

5. Se prohíbe la instalación de embajadas infernales en territorios de la Dimensión Mortal que ya hayan sido reclamados por el Reino de los Cielos.

6. Se prohíbe el reclutamiento de seres mortales para que le sirvan a los propósitos de seres infernales, sin perjuicio de las únicas excepciones que serán establecidas por las leyes orgánicas astrales.

7. Se prohíbe cualquier práctica de invocación de bestias o entidades paranormales en perjuicio de la Dimensión Mortal.

8. Se prohíbe el secuestro, trata, tráfico o cualquier tipo de actividad que involucre el traslado forzoso e involuntario de un ser mortal o de un ser celestial a cualquiera de los distritos del reino infernal.

9. Se prohíbe cualquier acto u omisión, que de manera directa o indirecta, sea generadora de un atentado terrorista en perjuicio de la Dimensión Mortal o del Reino de los Cielos.

Artículo 8 - Condenas. Cualquier ejecución de las actuaciones dispuestas por el artículo anterior, serán castigadas por medio de cualquiera de la condenaciones que se mencionan a continuación, la cual procederá de manera individual o colectiva a discreción de las autoridades del Astroverso, dependiendo de la infracción cometida y de la calidad del infractor:

a) Limitación o reducción de la Energía Roja que alimente a la entidad demoníaca por un período de dos a tres milenios.

b) Privación de libertad por un período de dos a tres milenios, en uno de los institutos de reclusión de cualquiera de las tres dimensiones suscribientes del presente pacto.

c) Exterminación de la esencia de la entidad demoníaca, sin posibilidad de reciclar su energía o de encarnar su esencia sobre ningún otro ser en ninguna de las dimensiones del Astroverso.

CAPÍTULO 4
LA DIMENSIÓN MORTAL

Artículo 9 - Autoridad y soberanía. Bajo la suscripción de este pacto, la Dimensión Mortal gozará de autonomía y absoluta soberanía para velar por la defensa, protección y desarrollo independiente en favor de los intereses de su mundo, sin el sometimiento de ninguna otra autoridad infernal o celestial.

Artículo 10 - El Triángulo. Se aprueba la conformación de El Triángulo, que será el órgano representativo del poder, la autonomía y la soberanía de los seres mortales, para su protección y defensa, así como su voz y voto ante los asuntos que le concierne al Astroverso.

Párrafo 1: El Triángulo contará con los recursos naturales, tecnológicos y presupuestarios suministrados por las autoridades celestiales, que serán canalizados a través de las autoridades eclesiásticas de su mundo y con el respaldo de los mejores organismos científicos, para fines de estudio e implementación en sus sistemas.

Párrafo 2: La dirección, la administración y el funcionamiento de El Triángulo será asumida por cinco o seis miembros, que serán escogidos discrecionalmente por las autoridades del Reino de los Cielos y ratificados por las autoridades eclesiásticas. Estos miembros deberán ser sometidos a la Prueba Divina para asumir sus respectivos cargos, conforme a las leyes celestiales correspondientes. Una vez superada la prueba, los miembros escogidos asumirán el cargo de forma vitalicia.

Artículo 11 - La Prueba Divina. A los fines de asumir el liderazgo de El Triángulo, los aspirantes deberán beber de la copa divina, conocida por los mortales como Santo Grial, a los fines de prolongar su existencia en el plano mortal y así preservar la defensa de su dimensión de manera vitalicia. Si el cuerpo del aspirante no es capaz de tolerar el poder dado por el Santo Grial, su aspiración será rechazada.

Párrafo: una vez celebrada la Prueba Divina, la ubicación del Santo Grial volverá a mantenerse oculta hasta el fin de los tiempos.

Artículo 12 - Agencia Internacional de Inteligencia Paranormal. Con la suscripción del presente pacto, se crea la Agencia Internacional de Inteligencia Paranormal, la cual fungirá como el cuerpo de seguridad, defensa, protección, investigación y representación de El Triángulo, al servicio de la humanidad, frente a los asuntos que le conciernen al Astroverso.

Artículo 13 - Regulación de la Agencia. Con la suscripción y ratificación del presente pacto, la Agencia Internacional de Inteligencia Paranormal deberá crear su propia normativa interna, a los fines de regular las competencias, las operaciones y funcionamiento de dicha entidad, siempre y cuando su metodología de operación se acople a las disposiciones de este pacto.

CAPÍTULO 5
TRIBUNAL SUPREMO INTERDIMENSIONAL

Artículo 14 - Tribunal Supremo Interdimensional. Bajo la suscripción de este pacto, se crea el Tribunal Supremo Interdimensional, el cual será el órgano competente para dirimir, en última instancia, las controversias cuya resolución exceda a la competencia individual de cualquiera de las entidades del Astroverso.

Artículo 15 - Composición. El Tribunal estará compuesto por un cuerpo nueve jueces, el cual a su vez estará conformado de la siguiente manera:

1. Una terna de jueces designados por el Reino de los Cielos.
2. Una terna de jueces designados por el Reino del Infierno.
3. Una terna de jueces designados por la Dimensión Mortal.

Artículo 16 - Atribuciones. El Tribunal Supremo Interdimensional será competente para conocer en última instancia:

1. Acciones, actuaciones y crímenes de guerra que vulneren el cumplimiento del Pacto del Triángulo y cuya falta le sea imputable a más de uno de los reinos astrales.

2. El control preventivo de los tratados interdimensionales antes de su ratificación por el órgano legislativo de cada reino.

3. Los conflictos de competencia cuando resulte imposible determinar a cuál reino le corresponde dirimir el asunto.

4. Las demás atribuciones que le confieran las leyes de cada reino, siempre y cuando no vaya en perjuicio de las disposiciones de este pacto.

CAPÍTULO 6
DISPOSICIONES GENERALES Y FINALES

Artículo 17 - Aplicación del Pacto. Se hace la expresa salvedad de que el contenido de este pacto aplicará únicamente en beneficio de los seres naturales que habitan en los reinos celestiales, infernales y mortales. Por lo tanto, no tendrá aplicación para los seres contra-natura de la existencia cósmica.

Artículo 18 - Comprensión del texto. El presente pacto ha sido redactado y suscrito en tres formatos distintos, cada uno acorde a la comprensión comunicativa de los seres pertenecientes a cada dimensión. En este extracto particular, se conforma una versión textual en formato papel que pueda ser comprendida por la mente humana.

Artículo 19 - Perpetuidad de lo dispuesto. Lo pactado en el presente texto no será objeto de modificación alguna por ningún tipo de asamblea de ninguna entidad. Por el contrario, su contenido deberá ser complementado y alimentado con la posterior emisión de leyes ordinarias y leyes orgánicas, a ser emitidas por las autoridades de sus respectivos reinos, siempre y cuando se acoplen a lo ya dispuesto.

Artículo 20 - Disposición final. Este pacto entrará en vigencia a partir de su promulgación por cada uno de los reinos suscribientes y se dispone su publicación íntegra e inmediata.

Dada y proclamada la Ciudad del Vaticano, ubicada en el centro de Roma, Italia, a los diecinueve (19) días del mes de febrero del año mil novecientos cincuenta (1950).

(Este extracto del Pacto del Triángulo no menciona quiénes fueron los representantes de cada uno de los reinos que lo suscribieron. A la fecha, dicha información sigue siendo clasificada para la mayor parte de los agentes romanos).

<u>Agradecimientos</u>:

Ni el espía más implacable pudiera cumplir con la más ardua tarea si no cuenta con el apoyo apropiado. La existencia de este libro es una materialización de un sueño, hecho posible gracias a los espectaculares seres humanos que reconozco a continuación:

- Mis padres, Luis Rafael Martínez y Flor María Núñez. Los seres que me lo han dado todo, que han estado a mi lado en mis altas y en mis bajas, siempre impulsándome para fomentar mi creatividad desde que era niño.

- Mi hermano, Luis Santiago Martínez Núñez, junto a su esposa y mi amiga de la infancia, Gissel Lantigua. La pareja que siempre me apoya en mis locuras y que me lleva a salirme de mi zona cómoda para pasarla fenomenal.

- A mi amiga y editora personal, Mayerlin Nachira De Jesús Hanna. La mujer que ha vivido intensamente la creación de este sueño tanto como yo. No importa los años que pasen, siempre encuentra la manera de brindarme su apoyo en las diferentes etapas de lo que ha sido mi vida hasta ahora.

- A una de mis mejores amigas, hermana y mi diseñadora, Ambar Pamela Paz Grandgerard, a quien he bautizado como mi "Da Vinci". Una genio cuya creatividad ha hecho que todos mis proyectos sean posibles y a quien siempre procuraré tener a mi lado, en las peores y en las mejores.

- Mi amiga, cómplice, cinéfila y representante legal, Claudia Saviñón. Una dama con una vibra contagiosa, carismática, ambiciosa e igual de soñadora que yo. Como dice la canción de una película que nos encanta: "Brindo por los tontos que sueñan".

- A todos mis suscriptores de mi canal de YouTube, "Mr. Andy Flick". La hermosa comunidad que ha estado presente desde el principio, quienes vieron valor en mi contenido y que me han impulsado para que nunca me detuviera. Con ustedes celebro otro paso que doy en la manifestación de mis aspiraciones.

- A mi primo, Rolando Alberto Paula Núñez. El ser que ha demostrado, que aun desde el otro lado del plano astral, vela por el cuidado de sus seres queridos y por sus logros. Comprometido, responsable y triunfador. Serás recordado por siempre y a ti te dedico este libro.

ACERCA DEL AUTOR

Andy Luis Martínez Núñez, dominicano nacido en Manhattan, Estados Unidos, el 15 de diciembre de 1991. Hijo de Flor María Núñez y Luis Rafael Martínez Rosario. Abogado especializado en Derecho Inmobiliario y Registral, locutor certificado, crítico de cine, escritor y youtuber cinéfilo para su canal: Mr. Andy Flick. Salesiano egresado del Colegio Don Bosco, con estudios universitarios y maestría cursados en la Pontificia Universidad Católica Madre y Maestra. Ha ejercido como abogado litigante, analista jurídico y también como gerente de la Unidad Hipotecaria en firmas e instituciones como: el estudio Castaños Zouain, la firma Michel Abreu, la Jurisdicción Inmobiliaria, la firma Delgado Malagón Veras Vargas, la firma OFIDROM y actualmente como abogado asociado senior en la División de Litigios e Inmobiliario para la firma Puello Herrera & Alies. Ha colaborado en segmentos de cine y cultura pop para portales como Enter RD, Cachicha TV y Cultura Cómic RD. Hace su debut como autor de novelas el 25 de diciembre de 2021, con su primer libro: Agente Spectrum y los Centinelas del Infierno.

9 789945 189865